GERALDO RUFINO

O CATADOR DE SONHOS

O empresário visionário que começou como catador de latinhas ensina tudo o que você precisa sobre otimismo, superação e determinação

Diretora
Rosely Boschini

Gerente Editorial
Marília Chaves

Estagiária
Natália Domene Alcaide

Editora de Produção Editorial
Rosângela de Araujo Pinheiro Barbosa

Controle de Produção
Karina Groschitz

Pesquisa e Edição de Conteúdo
Joyce Moysés

Preparação
Entrelinhas Editorial

Projeto gráfico
Neide Siqueira

Diagramação
Join Bureau

Revisão
Vero Verbo Serviços Editoriais

Capa
Eduardo Camargo

Foto de Capa
Germano Luders

Impressão
Bartira

Copyright © 2015 Geraldo Rufino
Todos os direitos desta edição são reservados à
Editora Gente.
R. Dep. Lacerda Franco, 300 - Pinheiros
São Paulo, SP - CEP 05418-000
Telefone: (11) 3670-2500
Site: http://www.editoragente.com.br
E-mail: gente@editoragente.com.br

Dados Internacionais de Catalogação na Publicação (CIP)
Angélica Ilacqua CRB-8/7057

Rufino, Geraldo
    O catador de sonhos : o empresário visionário que começou como catador de latinhas
ensina tudo o que você precisa saber sobre otimismo, superação e determinação /
Geraldo Rufino. – São Paulo : Editora Gente, 2015.
    192 p.

    ISBN 978-85-452-0060-4

    1. Sucesso 2. Autorrealização 3. Empreendedorismo 4. Rufino, Geraldo – Biografia
I. Título.

15-0810   CDD-158.1

Índices para catálogo sistemático:
1. Sucesso   158.1

Dedicatória

Aos meus pais, Aristides e Geralda Rufino.

Agradecimentos

Qualquer história depende de muita gente para acontecer, e comigo não foi diferente, ainda mais no meu caso, fui tão ajudado ao longo da vida que fica difícil citar nomes. Gostaria de deixar aqui o meu agradecimento sincero à minha família, em especial à minha mulher e companheira de todas as horas e todos os dias, Marlene. Minha família sempre foi uma fonte de apoio irrestrito e sou imensamente sortudo de tê-los em minha vida.

Agradeço a todas as pessoas que me ajudaram direta ou indiretamente ao longo de minha carreira, mentores, chefes, patrões, amigos, parceiros. E também agradeço a todos os funcionários da JR Diesel: vocês fazem o meu sonho acontecer todos os dias.

Este livro também é de quem caminha ao meu lado para o sucesso e a positividade. Muito obrigado!

Prefácio

Geraldo Rufino é conhecido por fazer você se sentir imediatamente acolhido. Em sua presença as pessoas se sentem mais abertas e até propensas a contar um pouco mais da própria vida, pois o interesse dele por tudo e por todos transparece em seus gestos, principalmente ao andar e cumprimentar as pessoas.

É sua forma determinada de acreditar na realidade de ter sucesso e ser feliz que vai fazer você também acreditar que pode ser bem-sucedido e ter mais prazer de viver. Ele tem um jeito especial de ajudar as pessoas a não desperdiçarem oportunidades e descobrirem toda a beleza que existe na riqueza de viver.

Geraldo faz questão de manter acesa na mente das pessoas a ideia de que a oportunidade seguida do sucesso existe para todos que estão dispostos a fazer a sua parte. Repele a ideia de que "a crise" destrói carreiras e empreendimentos, com o argumento de que "enquanto a maioria complica a vida e repete que a realidade não vai melhorar, alguém precisa acreditar num futuro diferente. E esse alguém tem de ser você!".

Quando li pela primeira vez este livro, fiquei encantado com a história do homem por trás de tantas realizações. Senti quanto esta obra é uma contribuição emocionante e valorosa para todos nos dias de hoje.

Geraldo conta casos cheios de momentos de tensão, fracasso e tristeza, com a doçura dos que aprendem com os erros e acreditam na força de quem tem um sonho e acredita que pode realizá-lo. E também fala da fibra e das atitudes e dos valores que vão ajudar você a dar a volta por cima sempre.

Um de seus conselhos que mais aprecio está nesta frase: "É preciso administrar a vaidade, colocá-la de ladinho, pois é o pior veneno que existe para quem quer crescer".

Como empresário, como profissional e como pessoa, Geraldo Rufino é o líder de que a geração de novos empreendedores precisa. Ele sabe o peso das consequências de suas ações, entende a responsabilidade que possui sobre quem depende dele e do seu negócio.

É gente como Geraldo que me inspira a continuar escrevendo, palestrando e ajudando as pessoas, porque ele demonstra uma harmonia perfeita entre o que faz e o que fala, e um poder infinito de mudar a própria realidade e transformar a vida de quem o cerca.

Ele cuida das pessoas, e elas é que cuidam de seus negócios. Seu dom é cuidar de gente e nunca desistir de alguém, nem mesmo de quem parece ser um "caso perdido". Entende e acredita que quem faz algo errado está, certamente, tentando melhorar, e que é preciso insistir nessas pessoas.

Para Rufino, não há qualidade humana mais valiosa do que entender de pessoas, e, principalmente, ajudá-las a atingir seu máximo de potencial. "É isso que faz todo o nosso trabalho valer a pena. Cada vida que tocamos, cada destino que ajudamos a mudar para o melhor, é o que realmente importa".

Neste livro, você vai compreender e aprender a aplicar uma ideia muito simples, mas que as pessoas esquecem com frequência: o sucesso de uma empresa se constrói funcionário a funcionário, venda a venda, ano após ano. Rufino demonstra que entende muito bem desse trabalho incansável desde que era apenas um menino e vai ajudar você a tirar o melhor proveito dele.

Concordo totalmente com o autor e reforço dizendo que o sucesso vem com dedicação, persistência e coragem de acreditar e agir. Não basta ter uma grande ideia, você precisa trabalhar nela com convicção. Não é trabalhar mais, e sim trabalhar melhor. E precisa ser ético, incorruptível.

O caminho mais fácil sempre acaba virando o mais difícil. E pessoas sábias, como Rufino, entendem isso e têm aversão a atalhos. Elas fazem o que precisa ser feito, pelo tempo que for necessário.

Aprenda com esse empresário fantástico a prosperar no caminho dos justos e otimistas, e a levar sua família e seus funcionários para essa rota do sucesso. Tenha a cabeça de quem enxerga as oportunidades e, ainda mais, crie o ânimo de quem consegue fazê-las acontecer.

Deixe Geraldo Rufino ajudá-lo, da mesma forma como ele já ajuda tanta gente. Encontre com ele o caminho da positividade e da prosperidade.

Roberto Shinyashiki
Médico, escritor e palestrante

Sumário

01

As pessoas ainda acreditam em crise	13
Não há falta de oportunidades	16
Fazendo a mesmice, fugindo do problema	19
Lá fora, aceita-se tudo	20
Foco nas preocupações erradas	22
Você pode perder sem se humilhar	24
A primeira vez que eu quebrei	26

02

Você falhou, eu falhei, todo mundo falha	31
Problema *versus* solução: quem ganha?	34
Que mania de complicar!	35
Foco naquilo que interessa	37
Realismo para começar a empreender	38
Empreender não é só ser dono	40
Não quer pagar impostos e outros lamentos	41
Eu precisava saldar a dívida do meu pai	43

03

Só acaba quando termina e o seu poder de conseguir o que quiser ... 47

Se você sente que o sucesso escapa pelos dedos ... 51
O mito da loteria e do casamento por interesse ... 52
Faça sucesso para você e para mais alguém ... 54
Influências para o bem ... 56
Somos seres de luz ... 58
Encontrei mil e uma maneiras de enriquecer ... 59

04

Ver oportunidades não é dom divino ... 63

Você já é vitorioso, entenda isso ... 66
Pare de só olhar o embrulho dos presentes ... 68
Atraia só o que é bom ... 70
Use seu poder do bem ... 71
Sempre dobrava minhas metas ... 72

05

Tenha credibilidade, mesmo sem crédito ... 77

Insucessos fazem parte do processo ... 80
Reconheça que o problema é seu ... 81
Comprometa-se com as pessoas ... 83
Tenha patrimônio como garantia ... 85
Fortaleça a sua fé ... 86
Duas importantes quedas da JR Diesel ... 87

06

Recomeçar é hábito de quem tem sucesso ... 91

Na zona de conforto não se empreende ... 94
O tempo todo a gente inova ... 95
Quebrar paradigmas é necessário ... 97
Informe-se para influenciar as leis ... 98
A medida entre achar que é "o cara" e "o coitado" ... 100

Foque em reagir o mais rápido possível	102
É negativo? Não, é positivo!	102
Aproveite quando o dinheiro muda de mãos	103
Milhões para devolver, concordata, recomeço	105

07 Faça o *upgrade*, queira ganhar 1 dólar a mais por dia — 109

Sua meta é melhorar	111
Pense no seu sucesso como uma escada	114
Confie em alguém e financie o crescimento conjunto	116
Vender é essencial, mas conhecer o cliente é mais	117
Estratégia de buscar a prospecção certeira	118
Vá um pouco além, pesquise, copie e melhore	119
Concorrência é algo maravilhoso	120
Transponha sua paixão para o negócio	122
Eu agradeço por *tudo* que me acontece	122

08 Seus valores farão a diferença — 125

Eu só via pessoas de bem progredindo	128
Trabalhar na legalidade é mais inteligente	129
Prepare seu sucesso futuro	130
Positividade sempre	131
Humildade, carinho e disciplina no trabalho e na vida	133
Motive sua equipe a sonhar seus sonhos	138
Carinho com disciplina, minha combinação campeã	138

09 Fuja do sucesso vazio — 141

A vida é como um edifício	144
Quebrar em geral é por vaidade	145

Honestidade, não perca sua referência		146
O negócio precisa ser maior do que você		147
Deixe que seus colaboradores ganhem também		148
Distribuir melhor ajuda a multiplicar		149
Eu não conseguiria ser feliz se fosse egoísta		150

10 Multiplique sua visão 155

Forme sucessores, não só herdeiros	158
Tenha diretores e filhos	160
Sem chance de brigar	162
Negócio como extensão da família	163
Os jovens farão melhor do que você	165
Entregue todo o conhecimento	167
Como tornei meus filhos empreendedores de sucesso	168

11 Cresça e faça sua fortuna também! 171

Você ganha tempo sendo proativo	174
Você cresce junto com um mercado em expansão	175
Você deve criar uma corrente de prosperidade	176
Você pode repetir vitórias	177
Você precisa, antes de tudo, se amar	178
Nós sempre somos capazes	180

12 O sucesso está ao seu alcance 183

Aposentar? Só se o tempo acabar	185
Busque, antes de tudo, ser feliz	186
Sonhe alto e ouse fracassar, só não pare de acreditar	187

Capítulo

As pessoas
    ainda acreditam
em crise

Percebo que existe um grande problema que precisamos enfrentar: aquele que mora dentro de nossa cabeça. Quando a situação socioeconômica do país não é a ideal, as pessoas começam a reclamar demais — principalmente se não enxergam oportunidades o suficiente para que sejam bem-sucedidas. Isso se torna uma forma especial de cegueira: a tal falta de oportunidades torna todos cegos e os faz dormir no ponto.

No entanto, a economia é como uma máquina, ligada 24 horas, que não para de produzir novos ricos, centenas de milionários e algumas dezenas de bilionários. Por que mais brasileiros não podem se beneficiar disso e progredir também? Por que a maioria prefere acreditar que não tem chances, quando, na verdade, tem?

O que quase ninguém fala é que, em geral, as oportunidades de ganhar dinheiro nascem para alguns justamente quando muitos outros sentem dificuldade de aproveitá-las. Enquanto o mais desavisado espera que as coisas melhorem, outro abre bem os olhos, conta com ele mesmo e faz acontecer. Portanto, cada um é livre para decidir, escolher, determinar de qual lado quer estar e agir.

Há muitas histórias de empreendedores para comprovar essa tese. Para começo de conversa, cito duas: a do proprietário da marca Cacau Show e a do fundador da rede Wise Up. Alexandre Tadeu da Costa começou seu atual império do chocolate vendendo dentro de um Fusca branco 1978. E Flávio Augusto da Silva abriu uma escola de idiomas sem nem mesmo saber falar inglês, com 20 mil reais de cheque especial, e a vendeu em 2013 por mais de 800 milhões de reais.

Tudo isso feito durante uma crise ou outra, uma vez que ela nunca sai de cena, mas existe desde que nós nascemos e parece imortal. Trata-se, no fundo, de um jogo de perdas e ganhos criado pela própria sociedade. Sabemos que encerrá-lo não depende apenas de nossa vontade individual. Contudo, podemos e devemos não absorver essa instabilidade psicológica que paira nas relações comerciais e só atrasa a realização de nossos sonhos.

É uma pena que o brasileiro, na média, siga a boiada dos pessimistas. Ele vê que tem uma turma fazendo a propaganda de que o país vai mal, de que o momento é duvidoso para investir, e embarca nessa onda facilmente. Ele não olha para o lado; não pondera tais profecias apocalípticas para entender que a situação não é bem como todos pintam — basta ver que há tantas multinacionais instaladas aqui — e que ele pode usar a própria energia de forma mais positiva para ele e para o país.

Parece até que o cego sou eu, quando na verdade esse é o esforço que faço diariamente para não deixar o clima pessimista me pegar. Muitas pessoas se abalam com o movimento das marés econômicas e logo desistem dos próprios objetivos com as notícias de crise e revezes. Que pena!

Elas encaram tudo como problema, apagando da frente o que de melhor existe para elas. De tão apavorados, não enxergam que crise pode ser sinônimo de oportunidade sim. Quando existe uma crise, facilita surgir a oportunidade.

Crise serve de alerta. No entanto, tem gente que prefere vê-la como um bicho-papão faminto por engolir tudo o que é (ou pode ser) dele, incluindo sua vontade de prosperar, suas chances de ser feliz. Ela tira você da zona de conforto, pois permanecer na zona de conforto é muito fácil. E na hora que vem a grande onda, você é obrigado a se mexer, a não ser que queira se afogar...

Não há falta de oportunidades

Para entender o que estou tentando dizer, sugiro que pense nesta situação. Imagine que estamos num grupo de cinco pessoas, aproximando-nos de uma mesa. Detalhe: só há quatro cadeiras. Vamos rodar e sentar.

Alguém vai ficar de pé, certo? Mas quem vai conseguir se sentar? Aquele que, em vez de se distrair com o problema da falta de cadeira, enxergar oportunidade ali.

Mesmo para quem não se sentar, acredito que ainda existem oportunidades. Se o cara que "sobrou" nesse grupo for ligeiro, vai se sentar na ponta da mesa, dividir lugar com alguém, negociar e "dar os pulos" dele. Não bancará a vítima porque não conseguiu cadeira para sentar-se. O tempo todo tem janela abrindo para cada porta que se fecha. Só cego não vê.

Pode reparar, a economia é cíclica, não linear. Como as marés. Têm altos e baixos. Setores crescem, setores encolhem e depois retomam o fôlego, ou se transformam com produtos mais inovadores (por exemplo, o que a Apple fez com o mercado de computadores pessoais e celulares). Cada crise precisaria ser vista como um sinal claro de mudança. A questão é: para quem se mexe, existe sempre um lugar à mesa para se sentar. O problema é para quem está na zona de conforto, e acredita que ninguém vai tirá-lo dali. Em algum momento, esse sujeito será obrigado a se levantar, rodar e provavelmente ficará sem cadeira, sem ponta de mesa, sem chão.

Além disso, se ele paralisa por causa de crise, ainda tira a oportunidade de alguém próximo, como um filho ou neto. Ele precisa pensar que está construindo alguma coisa para alguém – nem que hoje não saiba quem é esse alguém. Ter objetivo, determinação, motivação na vida pode ser um excelente antídoto para qualquer pessimismo.

Para dar meu exemplo, sou 100% família e sempre pensei nisso para avançar, ter patrimônio e levantar empresa própria, trazendo meus parentes para se desenvolverem profissionalmente comigo e dando emprego com dignidade a tantos colaboradores. Nenhuma crise seria capaz de me deter, de me tirar desse foco.

Ao longo dos anos, a crise foi desenhada como um problema, porém, ela não é. Quando vim para São Paulo, um pitoco de gente, com 4 anos, já falavam essa palavra – *conto como fui apresentado a ela no final deste capítulo*. E, de lá para cá, nunca andei para trás. Assim como nunca vi passar um ano sem que a mídia e o mercado financeiro deixassem de dizer que haveria crise.

A cada réveillon, o que mais se escuta é "O próximo ano vai ser difícil". Algum dia você já ouviu alguém falar "Olha, este ano está todo mundo lucrando alto; céu de brigadeiro; vamos ganhar muito dinheiro"?

Se fosse verdade, como todos nós teríamos chegado até aqui? Como veríamos cidades crescendo, com prédios majestosos? Olhe só o tamanho das torres das principais avenidas! Entra ano, sai ano, geladeiras e alimentos continuam sendo produzidos, viadutos e casas são construídos, investe-se na bolsa, transporta-se gente e coisas...

A crise traz a mensagem de que você está fadado a não melhorar, e de uma forma impotente porque tem a ver com o que o país está sofrendo. Portanto, você não pode fazer nada, deve se conformar. Eu rejeito totalmente essa mentalidade.

Outro dia, fiz uma palestra para o pessoal de um grande banco e falei:

— Queridos, desculpem-me. Vocês estão falando em crise, mas o que fizeram com os bilhões que ganharam nos últimos trimestres? Botaram fogo neles?

Até a pessoa que me convidou para essa apresentação começou a rir da minha provocação.

— Por que vocês fazem questão de "vender" essa ideia de que está tudo ruim?

Na minha visão, seria muito mais saudável para todos nós se encarássemos a crise como o vento: sabendo que não para de soprar, mas muda de velocidade e lugar. Alivia quando é brisa e é capaz de detonar quando é vendaval. Nós aprendemos a driblar os percalços do vento, não é? Não deixamos de sair de casa por causa disso. E criamos nossas estratégias para nos proteger de possíveis ventanias.

O Japão, que enfrentou em 2011 o maior terremoto de sua história, com um tsunami devastador, não deveria estar vivendo uma crise muito maior que a de outros países? Então! Como você explica a recuperação de uma rodovia em 24 horas, vilas ou cidades refeitas em alguns dias, melhorias de tecnologia, aceleração no consumo e outros incontáveis exemplos de superação?

Penso que o japonês não é mais inteligente que os outros, ele apenas estuda, trabalha e acredita na reconstrução mais do que a maioria. Só depende de atitude e determinação, e isso esse povo tem de sobra.

Quem não trabalhar, ou empreender com o freio de mão puxado, tolher as boas ideias de negócios, realmente terá do que se lamentar. Você tem livre-arbítrio e pode sair em busca do dinheiro e do progresso, como eu e outros fazemos. Ou pode permanecer aí na sua zona de conforto, na ilusão de que o vento fará a volta e trará brisa para você.

Vários empreendedores evitam novos investimentos, poupam na insegurança ou desempregam importantes colaboradores para economizar salário, mesmo que definhem o negócio. Tem lógica isso? Estão assustados por quê? Os efeitos de cada crise só abalam os fracos de ideias e atitudes, além de alguns desavisados que estavam no lugar errado e na hora errada no momento em que o vento soprou.

Se até o lixo pode ser uma forma de ganhar dinheiro, por que tanto desânimo? Há profissionais, inclusive, que fazem fortuna nessa área ainda pouco explorada. Valioso economicamente falando, mais de 90% do material reciclável que vai para a indústria passa pelas mãos dos catadores organizados ou não, em iniciativas que movimentam esse mercado promissor à medida que cresce a responsabilidade ambiental. Fica a dica!

Fazendo a mesmice, fugindo do problema

Existe uma metáfora que considero muito significativa. Era uma vez uma família que queria assar um pernil de natal, e tudo indicava que ia ficar delicioso. No entanto, o pernil era tão grande e bonito que não cabia na assadeira — nem no forno —, então decidiram cortar a ponta e fazer a receita mesmo assim. Por que cortar a ponta? Porque a assadeira era pequena.

Essa família continuou fazendo essa receita, e lá na frente, na geração dos netos, eles ainda cortavam a ponta do pernil para pôr no forno, e, se qualquer pessoa perguntasse por que preparavam a carne assim, a resposta seria:

— Corto porque minha mãe cortava.

— E por que sua mãe cortava?

— Porque minha avó cortava.

— Mas por quê?

— Porque minha bisavó cortava.

— E por que ela também cortava?

— Porque não cabia no forno.

E o que nós fazemos sobre a crise é exatamente isso. Ou seja, pare de cortar o pernil! Isso é hábito, é fazer a "mesmice", é não questionar suas ações na vida.

Porque alguém fez, outras pessoas continuam fazendo sem saber o motivo. A geração seguinte chega e começa a fazer também. É assim com a crise. Por algum motivo, lá atrás, alguém fez essa propaganda enganosa.

Confie em mim quando digo que tudo está na sua cabeça e em seu pensamento. Se você fica pensando que agora está em crise, você trava. Começa a ter medo de qualquer ação, qualquer investimento.

Digamos que você esteja prontinho para fazer o financiamento do carro. Analisa suas finanças, está preparado, tem condições de pagar, mas começa a deixar os medos falarem mais alto: "Ah, melhor esperar um pouquinho" ou "Demitiram na fábrica ao lado; pronto, vou perder o emprego". E, então, você não troca de carro. Como muita gente faz isso, todo mundo começa a ganhar menos dinheiro.

O dinheiro não sumiu. Na minha opinião, ele está só se movimentando, mudou de lugar. A crise é a pior ilusão para quem quer progredir na vida. É o que eu chamo de bruxa. Você nunca viu, não tem noção de como é e vive se escondendo dela – e esse medo pode ser paralisante. Toda vez que embaça um pouquinho a economia, o povo começa a correr do fantasma; e então a catástrofe realmente acontece.

Lá fora, aceita-se tudo

Eu queria que o brasileiro, no geral, fosse mais patriota, acreditasse que vivemos em um país cheio de oportunidades. Contudo, muitos comparam o Brasil com outras potências colocando-o em desvantagem e querem sair do país por causa da crise. Isso é fugir do problema e, pior, das muitas oportunidades.

Experimente provocar um cachorro pequinês. Ele começa a latir. Se você correr, ele vira um leão. Agora, se bate o pé, ele sai correndo para debaixo da mesa. Ele não pode com você. Então, não fuja do problema. Se não se acovardar, ele será menor que a sua fortaleza. Você poderá detoná-lo.

Então, quando se fala em sair do país, da cidade, do trabalho, do negócio, da família por causa de uma crise, lembre-se de que em todo lugar do mundo existem problemas.

Tem gente que vai para o exterior trabalhar feito um condenado, para comer pão com vento e dormir num quartinho de dois metros quadrados. Daí, volta com um dinheirinho para investir em alguma coisa. Será que não arranjaria mais dinheiro aqui do que fora, se também trabalhasse duro e tivesse uma vida humilde? Se ficasse aqui trabalhando com o mesmo afinco que teve no exterior? Por experiência própria, aconselharia a ficar e batalhar em nosso país.

As pessoas que tentam a sorte lá fora aceitam tudo para arrumar dinheiro. Faça isso aqui para ver se não funciona igual. Vale muito a pena gostar de seu país. O que o norte-americano tem que o resto do mundo não tem é patriotismo. Aqui, se você põe uma bandeira na janela, é chamado de bajulador.

Por que não acreditar nas oportunidades do Brasil? É preciso tomar cuidado com essa história de compará-lo com países de estrutura e história completamente diferentes. Vamos usar como exemplo a China, cujo PIB cresceu 7,4% em 2014, enquanto o do Brasil foi 0,1%. No entanto, lá existem mais de 1 bilhão de pessoas sob uma ditadura fortíssima, em que há um pequeno grupo de empresários e dirigentes do governo vivendo no luxo, mas o povo na miséria. Como colocar as duas realidades na mesma balança?

Mesmo assim encontramos várias pessoas com o péssimo hábito de lamentar, lamentar, lamentar. Para esses eternos reclamões da situação do país que me perguntam "Como você consegue?", eu queria devolver com outra pergunta:

— Como você não consegue?

— Ah, mas para você é fácil...

Eu nem discuto. Só digo que:

— É fácil mesmo. Porque, para mim, não existe crise.

Quando você entra em uma discussão com um cara negativista – que se faz de vítima e parece cego para o que vai bem –, se aceitar esse tipo de discussão, será tão coitado quanto ele.

Às vezes, o diálogo continua:

— E como é viver sem crise?

Eu respondo:

— Já estou bem grandinho para acreditar em fantasma.

Foco nas preocupações erradas

Para mim, crise é igual a fantasma. Como ela é pintada? É feia ou bonita? Crise é algo que alguns criaram e em que a maioria acredita sem questionar, sem relativizar. Eu já estou grandinho e me recuso a valorizar algo que nunca vi (nem quero). Acredito naquilo que posso tocar. E hoje posso tocar em um monte de coisas boas e belas.

Se os medrosos olhassem bem ao redor, veriam que, mesmo durante períodos que chamam de crise, ninguém para de comer, ninguém para de se vestir, ninguém para em um lugar só, ninguém para de passear, ninguém para de buscar promoções na carreira e moradia melhor...

Quantos entram numa fila para comprar *aquele* objeto do desejo, seja ingresso para uma partida de futebol, seja um *smartphone* de última geração. Que crise é essa? Não enxergá-la como oportunidade nos deixa cegos. Por que há tanta cegueira?

E quem estiver focado em outra coisa – outras preocupações, outras prioridades –, não verá a oportunidade mesmo. E não é culpa da crise. Está tratando de uma questão importante e olhando para as estrelas? Não dará certo. Está invejando só a clientela do concorrente, em vez de arregaçar as mangas? Depois quebra a cara, e diz que foi a situação do país. Isso é desculpa.

Quem tem espírito empreendedor não pode colocar o foco na desgraça. Quando a pessoa está pessimista, sem esperança, enche a cabeça de preocupações infundadas, fruto da insegurança e preguiça de buscar informações concretas sobre o mercado. Dorme de maneira sofrida, pensativo, ansioso, e isso só atrapalha seu comportamento físico e emocional no dia seguinte.

Por que levam tanto lixo para a cabeça? Ocupando-a apenas com temores imaginários e pensamentos negativos, em vez de construir a história sobre um solo fértil, algumas pessoas escolhem sem se dar conta do atoleiro. E, aí, deixam a oportunidade de ganhar dinheiro passar. Não veem que ele está circulando porque olham para baixo, enquanto outro mais atento e rápido se dá bem.

Ter o foco em outras prioridades, que não sejam trabalhar sério e melhorar seu negócio a cada dia, também é um perigo. E em geral o que está por trás de vários desvios de rota é a vaidade. A vaidade de montar o próprio negócio com uma fachada ou vitrine maravilhosa, de dizer que é o presidente daquilo, de ter não sei quantos funcionários uniformizados... Vaidade de fazer e acontecer somente para mostrar, ostentar, impressionar, calar a boca de alguém.

Quem faz a conta direitinho pode descobrir que ser sucateiro é muito melhor do que muitas *startups* incrivelmente modernas, mas de pouca utilidade à população. Se o empreendedor não investir energia, tempo e dinheiro em algo consistente, com riscos bem calculados, deixando prioridades ligadas a exibicionismos de lado... *tchibum* no buraco. A vaidade pode ser traiçoeira!

Que bonito dizer:

– Entre meus negócios, tenho uma loja no shopping X.

Já tive duas vezes. Era uma vaidade. Que bom que eu tive o dinheiro para fechar e pagar tudo. O capital que coloquei lá só apareceu na foto.

Tem inauguração, vem fulano de tal, tem apoio do prefeito... O empreendedor pode ter vários negócios, mas aquele que dá resultado mesmo está focado. Dali, ele tira recurso e paga a conta da vaidade.

Quando você começa a prosperar um pouco, todo mundo oferece "negócios da China". E é tentador aceitar, apenas pela vaidade de ser endeusado. Além de diversificar mais do que deve, pensa-se em colocar gente para trazer altos lucros para o seu bolso, sem que o próprio dono sue a camisa também, decida. Cometi esse erro com as duas lojas que tive. Avião não decola sem o piloto.

É preciso administrar a vaidade, colocá-la de ladinho, pois é o pior veneno que existe para quem quer crescer financeiramente.

Você pode perder sem se humilhar

Se evitar preocupações pessimistas e controlar prioridades motivadas pela vaidade, você certamente diminui riscos. Mesmo assim, precisa saber que na sua trajetória rumo ao sucesso poderá perder tudo e ter de recomeçar. Por que resistir a algo que é natural?

Dizem que, para morrer, basta estar vivo. O mesmo vale para os negócios: para quebrar, basta estar fazendo dinheiro. Onde há uma empresa de sucesso, alguém, certa vez, tomou uma decisão valente. E eu tomei várias.

Ousar, ganhar, perder, cair, levantar e seguir. Empreender exige correr riscos, e risco não é algo abstrato, é muito concreto. Quebrar financeiramente não é o maior dos problemas, como se pensa, e isso vem de alguém que já quebrou seis vezes. Perder o crédito temporariamente acontece com qualquer um, o que não pode acontecer, de forma nenhuma, é perder a credibilidade.

Quando as pessoas quebram, e não conseguem se levantar, é porque são inconsequentes. Por exemplo, aqueles que continuam desfilando de carro zero e morando no luxo, enquanto deixam o gerente do banco de cabelo em pé por ter lhes confiado empréstimo e os funcionários sem nem o trocado do pão. Por que isso acontece? Porque quem está apertado tende a acreditar que todo mundo, direta ou indiretamente, deve considerar que não é culpa dele (é da crise!?) e "compreendê-lo".

A culpa *é* dele. Ninguém tem de levar nada em consideração. Melhor assumir sua responsabilidade sobre o fato, dizer que fez besteira mesmo e propor saídas, como parcelamento das dívidas. Os credores vão se acalmar e preservar algo que é mais importante do que tudo: sua credibilidade.

Falo por experiência própria. Eu já quebrei pelo menos seis vezes, mas nunca quebrei o voto de confiança que as pessoas depositaram em mim. Por isso, nunca tive dificuldade de dar a volta por cima. Eu não me desesperei. Pelo contrário, subi mais alto.

Além disso, eu sabia que conseguiria trabalho, uma vez que meu mercado (de caminhões) é conhecido e respeitado. Além disso, continuava saudável. Ninguém tirou minha saúde. Tudo isso me dava tranquilidade de pensar: "Passar fome, eu e minha família não vamos". Ao longo deste livro, contarei em detalhes essas passagens tão marcantes para o meu sucesso.

Muitos empreendedores que quebram não aceitam a realidade, o que lhes dificulta se reerguer. Cara, aceite! Você não matou ninguém, nem desviou dinheiro de inocentes, não roubou nem cometeu crimes. Você só errou numa estratégia e quebrou. Só caiu da bicicleta. Levante. Pedale de novo. Não morreu ainda, não. Nem deve se sentir humilhado. No entanto, precisa descer do salto e reagir na humildade.

Se resistir a aceitar que foi para o fundo do poço por um tempo, vai se machucar tentando escalar na marra. E as pessoas vão jogar lixo na sua cabeça, criticá-lo? Vão. Porque é da natureza humana pisar no calo dos outros, em vez de cuidar dos próprios problemas. Elas farão isso até com o intuito de que não volte para o mercado, o que representará para elas um concorrente a menos.

Contudo, você está lá embaixo, sem grana, não tem mais para onde descer. Então, não condene ninguém. As críticas não são pedras. Apenas lixo na forma de palavras, material maleável. Se tiver inteligência emocional, começará a pisar naquilo que jogarem, porque uma hora o poço vai encher, e você subirá aos poucos, aterrando, devagarzinho, com determinação, foco no resultado positivo e humildade. Em compensação, se ficar acomodado, esperando que alguém o tire dali, será que sairá, um dia?

Poucos percebem que dá para recomeçar a escalar na humildade, sem ser afoito. Quem ganhou uma vez, ganha de novo. Quem andou de bicicleta uma vez, anda de novo. É fácil choramingar "Ah, o governo... Ah, a crise... Ah, o dólar que só sobe...". Cara, você começou vendendo pastel na feira ou fazendo algo similar, e está com medo do câmbio? Volte para a rua e vá trabalhar.

Entretanto, o mais comum é o sujeito se desesperar – novamente, focando a desgraça – e nem mesmo contar à família sobre a real situação. Esse tipo de pessoa sente vergonha de chegar em casa e dizer para os filhos e o parceiro que terão de trocar o carro importado pelo ônibus e o metrô.

Qual o problema? A família tem de ser solidária e participativa sempre. Quando você está na alta, ganha beijos e abraços, mas porque enfrenta uma dificuldade fica só? Se todos não se unem nessa hora, sinto dizer, mas você não tinha uma família. Comece de novo e constitua uma.

Desde que comecei a ser visto como um homem bem-sucedido, várias pessoas que estão empreendendo (ou tentaram) me pedem ajuda para superar inseguranças ou turbulências em seus negócios ou na vida pessoal. Algumas com muita grana, tentando recuperar o tempo e o dinheiro perdidos; outras, querendo ajustar os relacionamentos do tripé familiar, social e corporativo. Dizem-se derrotadas, mas vêm dirigindo seu automóvel bacana. É claro que não vou ajudar. Essas pessoas estão sendo inconsequentes, querem comover os outros fazendo-se de vítimas. Não cola.

Se você deve a alguém e vai encontrá-lo de ônibus, receberá ajuda na passagem. Se chega de carrão, deverá ouvir que ele quer ficar com os seus pneus. É assim que funciona. Se não reconhecer o problema, não tiver humildade nem atitude de recomeçar, culpará a crise e ficará abandonado no poço, o.k.?

A primeira vez que eu quebrei

Nenhuma dificuldade é forte o suficiente para me abalar. Sabe por quê? Nunca perdi a referência da vida simples e humilde que tive desde que nasci, num sítio em Campos Altos, em Minas Gerais. Eu me lembro bem de brincar de montar miniaturas de carros de boi de madeira, que amarrávamos a filhotes de rato. Imitávamos papai, fazendo com que puxassem nossa "mercadoria", que eram madeirinhas.

Aquilo, para nós, era um êxtase. Eu me divertia com roedores, e conseguia ser feliz comendo o que plantava e completando com alguma mistura que procurava no rio (pescados) ou no mato (ninhos de galinha), daí em diante o que viesse era lucro.

O CATADOR DE SONHOS   27

Até que a geada de 1963 queimou nossa lavoura de café e papai perdeu tudo. Colocamos nossos poucos pertences em sacos de estopa e mudamos para São Paulo com a cara e a coragem.

Dormimos uma noite na estação de trem mineira, pois não havia dinheiro para pagar nem sequer uma pensãozinha, e outra noite na Estação da Luz, quando chegamos. Mamãe arrumou todos os filhos entre ela e papai. Eu era o caçula, com 4 anos, e achei um luxo dormir ali. Antes, morava em casa de pau a pique, mas a estação era de cimento. Estava tudo certo.

A única referência que tínhamos na capital paulista era de um irmão meu que morava com uma tia. Fomos buscar o tal endereço dessa tia, que nos recebeu já fazendo escândalo:

— O que vocês estão fazendo aqui??? – Perguntou, brava, ainda mais porque ela teve de pagar os dois táxis.

Aquela recepção foi como um cartão de visitas informando: "Vocês vão ter de se virar". Em seguida, essa tia nos colocou para fora de sua casa.

No entanto, minha mãe era danada e arrumou um porãozinho para nos acomodar. Dormíamos no chão. Boa comerciante, em questão de dias ela começou a lavar roupa para fora – inclusive para a dona Eloá, esposa do político Jânio Quadros, com quem depois conseguiu uma cartinha (escrita em um papel de pão) autorizando papai a vender coisas na feira. A gente acompanhava tudo, aproveitando para ganhar uns trocados carregando compras das madames.

Rapidinho, conseguimos nos estabelecer. Mamãe comprou um terreno. Papai, como era pedreiro, levantou uma casa. Não faltava comida. Juntávamos o que sobrava de verduras, legumes e frutas da feira, incluindo o que estava jogado no chão, e nossa irmã mais velha preparava. Sempre que dava, mamãe nos levava a um restaurante popular, bancado pelo governo paulista, para a população de baixa renda (nos moldes do atual Projeto Bom Prato, que cobra 1 real por uma refeição completa).

Talvez alguém pense "Nossa, como você passou mal". Não, aquilo era show! Uma festa para nossa condição. Jogam muita coisa boa fora, não é? Nossas feiras são ricas, quantas folhas de legumes não são aproveitadas, por exemplo. Como aquela comida podia ser ruim? Como, com aquela fartura, a gente podia passar mal?

Tenho uma memória relativamente boa. E lembro que foi nessa chegada a São Paulo que conheci a palavra que considero piada até hoje. Ouvi:

— Vocês vieram para cá numa época péssima. Estamos em *crise* – decretou o taxista, fazendo carão de preocupado.

Que negócio era esse? Com 4 anos, fiquei assustado. Se ela era tão ruim, deveria ser uma bruxa má, um fantasma. Algo por aí. E como falavam mal dela!

À noite, eu mirava o teto e pensava: "Crise, crise, será que essa coisa feia vai aparecer?". Morria de medo. Nossa casa era de madeira e fazia um barulho daqueles. Eu logo pensava que podia ser um bicho ou a tal da crise... Com o tempo, descobri o que a palavra crise significava para as pessoas e comecei a rir daquilo.

Fato é que, contrariando as expectativas do taxista, minhas irmãs mais velhas arrumaram trabalho como doméstica. Papai foi ser servente de pedreiro. Meu irmão e eu ajudávamos mamãe nos bicos que ela aceitava fazendo faxina ou lavando roupas.

Então, veja bem, naquela época já se falava em crise. Todo mundo pintava a tal da bruxa com tons escuros. E termos conseguido sair do nada para uma casa própria, em apenas dois anos, significava o seguinte: nós não tínhamos motivo para não ser felizes. Estávamos muito melhor do que antes.

O tempo passou, mamãe teve algum mal súbito e faleceu. Eu ainda não entendia o que era morte, mas continuava com medo da tal crise.

Papai abriu um boteco num lugar cedido por padres, um terreno da prefeitura, na favela do Sapo, que ele praticamente fundou na zona oeste paulistana. E também arrumou namoradas novas. Isso mesmo, no plural, pois ele era chegado num rabo de saia, tanto que se casou dez vezes. Era, como se diz, "da pá virada".

Como minhas irmãs dormiam no trabalho, meu irmão José e eu optamos por morar com ele. Era divertido. As crianças que brincavam com a gente tinham o mesmo nível de vida naquela comunidade.

Para ajudá-lo, eu precisava trabalhar. Com um monte de mulheres em torno dele, não havia dinheiro que aguentasse. Arrumei um trabalho numa pequena revendedora de carvão, ensacando o material que chegava a granel em quantidades menores. Com 8 anos, "ralava" por dez horas por dia. Adorava aquilo.

Chegava em casa mais pretinho do que já sou, mas com dinheirinho no bolso. Fiquei lá por um ano, sempre com meu irmão José. Até que fui para um lugar muito melhor!

Eu sempre via uns meninos que passavam de manhã, indo para o quilômetro 15 da rodovia Raposo Tavares, e voltavam à tarde carregados de tralhas e vestindo roupas melhores que as minhas. Então, algo bem interessante deveria ter lá. Segui a molecada.

O CATADOR DE SONHOS

Descobri que iam para um aterro sanitário, o Lixão. Antigamente, o lixo era muito rico – tinha muita coisa boa que o povo desperdiçava, de roupas a pedaços de salame! Aquela comida vencida que os mercados jogavam fora, para nós, representava um banquete. Disse ao meu irmão:

— Ah, também vamos. É mais fácil ganhar dinheiro no Lixão do que ensacando carvão.

Percebi que precisávamos de carrinhos de mão, e fizemos os nossos. Os outros meninos não tinham a nossa criatividade. Então, a gente alugava carrinhos para eles. Eu catava latas de óleo feitas de aço ou folhas de flandres, vidro e o que mais encontrasse e pudesse ser reciclado.

Nova ideia: se juntasse a sucata numa quantidade maior, ganharia mais dinheiro que os outros colegas. Conseguiria negociar com um depósito maior, em vez de vender aos poucos, na correria. *Pau!* Montei meu primeiro "negócio" com 9 anos, e o José era o meu "sócio".

A gente transportava tudo em carrinhos de mão para casa, separava à noite para vender, enquanto meu pai passeava com as mulheres dele. Nos fins de semana, usávamos esses mesmos carrinhos para fazer a feira com as madames. Ou alugávamos a garotos que não tinham um.

Minha irmã, que hoje é advogada, vinha no fim de semana da casa da patroa e fazia as continhas de quanto levantaríamos com a venda da sucata, o que só me deixava feliz. Além de faturar, tinha tudo de bom para comer – com direito a sobremesa. Então, tive a felicidade de adquirir um anticorpo necessário a todo empreendedor: a quebra.

Juntamos um bom dinheiro dos 9 aos 11 anos dentro de latinhas de leite em pó, que enterrávamos no terreno baldio do lado de casa. Para localizar, a gente contava as moitas de capim. Tantas para a direita, duas latinhas; tantas para a esquerda, em seguida mais duas... Tínhamos um mapa delas. Não tinha erro! Da janela do meu quarto eu olhava o terreno. Achávamos que era seguro.

Fomos convencidos a ir para a escola; e um dia, na volta, tivemos a surpresa: o cara do lado havia vendido o terreno baldio. Passaram a máquina, limparam o terreno e adeus latinhas. Se alguém achou nosso tesouro? Pode até ter embolado na terra, mas provavelmente algum felizardo tirou a sorte grande. Latinhas explodindo, notas e moedas voando para todos os lados...

Como eu poderia imaginar uma cena dessas? Em dinheiro de hoje, meu irmão José e eu juntamos uns 10 mil reais. Contudo, como eu era o mais econômico da dupla, não gastava à toa, tinha uma parte maior e administrava o todo. Ele só queria trabalhar. Não queria se preocupar com mais nada.

Enterrar lá foi de comum acordo, para evitar que nosso pai gastasse com a mulherada. Por respeitá-lo demais, não saberíamos dizer *não*. Se escondêssemos em casa, ele acharia. Escolhemos o terreno do lado como nosso banco secreto e perdemos tudo. E aí?

Essa seria apenas a primeira vez que eu quebraria na vida, e nem foi a pior... Hora de me reerguer, como faria tantas vezes mais. Sem perder minha referência de humildade, mas também sem me humilhar. Se até com lixo eu ganhei um bom dinheiro, ninguém nem crise nenhuma iria me desanimar.

Capítulo

Você falhou,
eu falhei,
todo mundo falha

Não importa qual seja a situação econômica no momento, sempre temos duas opções: acelerar e trabalhar, ou tirar o pé do acelerador e reclamar. Como dono ou líder de algum tipo de negócio, grande ou pequeno, cada um com seu estilo, você não pode, em hipótese nenhuma, deixar que o pessimismo generalizado atrapalhe seu crescimento. Empreender é cabeça, onde habitam a inteligência e o foco. Use a sua em vez de seguir a boiada.

A queda na Bolsa de Valores de Xangai, o enfraquecimento da economia argentina ou até o mau humor do mercado nacional diante das decisões políticas não podem ditar as regras para o sucesso de sua empresa. Se seu negócio passa hoje por momentos delicados ou turbulentos, foi porque você errou em algum ponto, porque faltou aproveitar as oportunidades, porque seu foco estava desviado para o problema, a crise, o derrotismo. Em vez de fazer sua lição de casa bem-feita, você amarelou.

Não há culpados fora dos portões de seu negócio, somente do lado de dentro. Se você não tivesse permitido, a energia ruim não tinha dominado sua produtividade e contagiado sua equipe. Você deve estar se perguntando se acho mesmo isso. Claro. Quem tem mais chances de colher resultados positivos: o empreendedor que calcula perdas a maior parte do dia, pensa em mudar de vez para Miami e espera pelo pior? Ou o empreendedor que descruza os braços, trabalha com paixão e age com a cabeça limpa de pensamentos tóxicos?

O segundo tem uma vantagem competitiva enorme: ele acredita que pode plantar um futuro melhor, e o universo não só agradece a confiança como conspira a favor. Meus pais me ensinaram a ocupar a cabeça apenas com coisas boas, e a minha sempre se concentrou em ter ideias de como ganhar dinheiro extra. Dois mais dois são quatro no Brasil, na China ou em qualquer lugar. Então falhar é normal, todo mundo falha, mas é preciso assumir que plantamos esse fracasso de alguma forma.

Se você fizer uma análise bem fria, reconhecerá que, desde que nascemos, nós nos deparamos com problemas. E com oportunidades também. A diferença está em para onde decidimos olhar. Para amanhã ou para ontem? E de qual maneira enxergamos o que chamamos de problema? Como dificuldade ou desafio?

Com menos de 4 anos, o meu "problema" e do meu irmão era arrumar um bicho pequeno e ágil para puxar nosso carrinho de boi de brinquedo. Filhote de rato foi uma boa solução. Perto dos 10 anos, o meu "problema" e do meu irmão era termos perdido as economias de dois anos de trabalho guardadas em latinhas enterradas num terreno baldio. No entanto, nem tudo estava perdido, literalmente.

Tínhamos à mão um dinheiro mais recente, que havíamos ganhado naquela mesma semana em que o terreno foi vendido, mas não havia dado tempo de enterrá-lo. Com ele, partimos para novas oportunidades. Abandonaríamos o campeonato porque havíamos tomado um gol no início do primeiro tempo? Nunca. No futebol, a gente grita para animar os jogadores a virar o placar. Na vida real, a gente murcha e simplesmente entrega o jogo? Por que você faria uma coisa dessas?

Problema *versus* solução: quem ganha?

O derrotismo e a falta de ferramentas para manter a mente no lugar certo são as causas para tanta gente desistir fácil. Quebrou? Desanima. Vacilou e perdeu dinheiro? Morre de culpa. Passa dificuldade? Torna-se coitado. Ouve falar de crise? Paralisa. Desse jeito, sabe onde você vai parar? No fundo do poço.

Tudo isso cria uma mentalidade acomodada e negativista, que, como já disse, colabora para o dinheiro ficar concentrado somente na mão de uma minoria manipuladora. Quando você repete "Eu quebrei, eu quebrei, eu quebrei", deveria pensar que "quebrar" já era. Foi ontem. Passou.

Naqueles momentos em que você passa por uma crise, deveria evitar ocupar a mente com ela, mas concentrar-se em arrumar um jeito de ir para longe da crise, de fazer com que aquele período se torne produtivo, a fase em que você mais pode crescer, bastando que procure enxergar o que a maioria ainda não viu.

Todos nós já ouvimos isso de pais e avós, e é a mais pura verdade: para todo problema há solução. Basta que não fiquemos focados no que vai mal. Isso vale para a vida inteira. Como eu disse, problema é ontem. O que você vai fazer para ter um amanhã melhor?

Gosto de pensar assim: quando nasci, não tinha problema. Aí eu respirei, e pronto, gerei um para resolver. Se eu gerei, ele vem depois de mim. Se vem depois de mim, é menor que eu. Se é menor, eu tenho o comando. Se tenho o comando, e eu não vacilar, administro a situação, e não o contrário. No entanto, o mais comum é ver pessoas se deixar levar pela enxurrada de coisas ruins. Então, a encrenca fica maior do que elas, começa a crescer... até que toma conta de tudo, das decisões, da visão, do caminho e do destino da pessoa.

Que mania de complicar!

É fácil declarar-se vítima ou achar um culpado – quando, na realidade, a culpa é sua. Se algo aconteceu, foi porque você permitiu, tanto agindo errado quanto sendo omisso, ausente, passivo. Se você vive alimentando o problema, aquilo ficará enorme.

Quando você assume que tem responsabilidade por tudo o que ocorre no seu terreno, no seu negócio, na sua vida, fica fácil resolver, achar uma saída. Só de assumir, a gente já parte para a solução, já tira o pé da lama para pisar em algo melhor. Se você entrou, você sai.

Claro, porque o problema veio depois e é pequeno perto da sua capacidade de dar um nó nele, de sufocá-lo. Se tiver uma atitude rápida, ele se tornará insignificante. No entanto, se ficar parado, olhando para ele, só vai fortalecê-lo a ponto de virar um monstro. Imagine só se você agir assim com vários problemas? Ganhará uma coleção de monstros para atormentá-lo dia e noite, tirar seu juízo e fazê-lo andar de ré.

Erros de estratégia, "cochilos" em leilões e concorrências, apostas em pessoas que decepcionam, acidentes de percurso (como o que ocorreu com minhas latinhas de dinheiro) vão ocorrer pela vida inteira. As pessoas se abalam nos primeiros obstáculos, mas eles não são eternos.

Não existe nada tão grave nem tão complicado. Não existe nada que o homem mesmo não tenha criado, para o qual não exista solução. Pode copiar e melhorar. Ou desmanchar e fazer outros usos. No entanto, sua ação pode trazer solução para alguns e, para outros, um problema enorme. Depende do ponto de vista e da utilidade de cada um. As duas coisas podem se transformar.

Ainda há o medo de errar. O medo é uma forma de segurança. Sem ele, a gente fica forte demais e depois se arrebenta, então o medo não é ruim, ele só não pode ser paralisador. O medo faz parte de um conjunto de crenças que vêm lá de trás, de nossos antepassados, que a gente mantém na mente, mas não deveria. Outro exemplo desse tipo de crença: que aquilo que o A, o B e o C estão fazendo é pecado... Quem disse? Baseado em quê? Quem julga quem? De onde tiraram essa noção de certo e errado?

Quando se trata de empreender e fracassar, de decidir sobre a vida em geral, a grande lição é que "as pessoas complicam". Elas absorvem crenças duvidosas, passadas por várias gerações, que limitam sua mente. E, ao absorverem tudo isso, esquecem que o mundo mudou. O mesmo ocorre com um problema. Se o dono do problema fica nervoso, temeroso, instável emocionalmente, tratando mal as pessoas, ele piora o problema... Cara, era só um problema. Não é o bicho que pintaram. É só uma barata. Pega o chinelo, e acabou!

Outro detalhe que aprendi: quando se trata de algo material, o dinheiro compra. Você pode perdê-lo agora, mas ganha depois. Pode ganhar dinheiro a vida inteira, porque é igual a andar de bicicleta. Não esquece mais. Então, aquilo não pode ser um drama insuperável, se você perdeu o carro, pode recuperar. O mesmo vale para o dinheiro ou a empresa.

Foco naquilo que interessa

O foco é outra ferramenta que, mal usada, desvia muita gente do sucesso. Se bem usada, significa que você vai olhar com atenção e responsabilidade para o que está fazendo em cada momento. Como se sua mente fosse dividida em compartimentos, em caixinhas. Qual caixinha você vai abrir agora? Tem a do problema, a da solução, a da motivação, a do sentimento, a da distração...

Tenho muito prazer em elaborar este livro, e preciso me concentrar nisso. Os leitores vão acreditar no que receberem de mim aqui. Se eu abrir várias caixas ao mesmo tempo, nada sairá direito, pois não me dedicarei a nenhuma delas com afinco. Ninguém vai entender a minha mensagem ou, pior, vão compreender tudo errado. Será que as pessoas dão a devida atenção àquilo que estão fazendo no presente?

Nossos atos impensados geram consequências imprevisíveis. E, de novo, não é culpa da crise que quase metade das empresas encerra as atividades em três anos. Quem monta um negócio deveria pensar que outras pessoas vão depender daquilo, desde um colaborador a um investidor.

O dono é o mentor, mas não é o centro de tudo. Há vários envolvidos. É preciso ter responsabilidade para entender que não pode ser egoísta. Sem foco, seu tiro sai pela culatra.

Ter foco vai ajudar a não desviar-se para notícias alarmistas, plantadas por um pessoal nos bastidores do poder que quer nos manipular, nos manobrar. Felizmente, há brasileiros que fazem diferente e viram capa de revista como empresários do ano. Esses se destacaram tanto porque a maioria propagou a catástrofe, anulou a própria determinação de vencer, sem nem pensar que alguém ganha com isso.

Hoje, observa-se que há meia dúzia de investidores controladores do mercado financeiro agindo como donos do mundo. Entretanto, essa turma não vem com chicote para cima das pessoas, ela só sugere. Embarcam aqueles carentes de ferramentas para manter a mente no lugar certo. Os mesmos que entendem que pode ter um tsunami do outro lado do planeta, e começam a não querer mais ir à praia, por exemplo.

A vida inteira terá desastres. No entanto, as pessoas "vendem" negativismo; e outras, por sua vez, espontaneamente o "compram". Por que estão pensando na crise do ano que vem se não sabem o que farão na próxima meia hora?

São preocupações que só dispersam a mente do essencial. Tiram-na do equilíbrio presente. Daí, diga adeus ao foco em construir vitórias futuras. Torna-se mesmo difícil para alguém raciocinar e clarear objetivos quando está tenso com coisas que não tem o poder de mudar.

Realismo para começar a empreender

O outro extremo também é perigoso: ser tão otimista, mas tão otimista que você acaba traçando metas inviáveis. Eu tenho um exemplo simples de como é melhor pensar o possível, mesmo sendo otimista. Eu ia aos bailes e procurava olhar para uma menina com mais chance de me dar uma brecha, e não aquela que se tornaria *miss* e tinha todos os homens a seus pés. Era assim, ou a noite passava rápido, e eu perderia a oportunidade de sair bem acompanhado.

O melhor é ser otimista, mas com foco em coisa possível, pode ser? Com consciência do seu tamanho, de até onde alcança esticando seu braço, do seu fôlego para saltar, das possibilidades, das brechas. Você não vai pular do décimo andar achando que cairá de pé. Não é super-homem. Acreditar é fundamental. Sair totalmente da realidade é pedir para não dar certo, deixar escapar uma excelente oportunidade de subir um degrau por dia e... desistir.

Muitas vezes me perguntam como um empreendedor pode superar as adversidades, em especial quando outros dependem da persistência dele. Convido a voltarmos ao início:

— Quais são as referências desse cidadão?

Se ele faz uma avaliação honesta do que tinha e de quem era quando começou, em relação a tudo o que já conquistou, não tem razão para se abater. Quem está empreendendo e encontra pedras no caminho deveria buscar suas referências de vida, de onde veio e de como chegou aqui.

Digamos que alguém me conte:

O CATADOR DE SONHOS

— Geraldo, eu tenho 5 mil reais guardados e quero montar uma rede de *fast-food*. Vou vender meu carro, sair do emprego, arrumar mais 10 mil...

— Cara, não dá. Só no País das Maravilhas de Alice tudo sairia tão perfeito assim. Vamos voltar à vida real. O que você consegue fazer com 5 mil reais? Dá, sim, para empreender. Se é do ramo de comércio, pode comprar uma quantidade de produtos e vender na praia ou para amigos dos amigos. Vá bem-vestido, aja com carinho e conseguirá clientes que transformarão aqueles 5 mil reais em 6, depois 7... Vale comprar mais mercadoria e continuar nessa batida. Por que é tão difícil começar pequeno? Fazer o arroz com feijão bem-feito e então crescer a parti daí? As pessoas empreendem e já querem tomar dinheiro emprestado. Já querem buscar investidores. Já querem sala chique para impressionar clientes, em prédio bem localizado. Já querem amanhecer dono de uma rede de lojas.

Elas perderam a referência de humildade. Quem larga suas referências, perdeu o chão. Vários fazem algum caixa e começam a misturar as bolas, transformando o dinheiro no centro do seu mundo. Isso é um perigo! Pois, na hora que não tiverem grana, não terão o resto. Como um super-herói perdendo seus poderes.

Ficar de bolso vazio é tão fácil quanto ficar de bolso cheio. Fico eu, fica o pipoqueiro, fica o empresário. Se não for pelo motivo A, vai ser pelo B ou pelo C, um fator externo pode acontecer e levar todo o dinheiro das pessoas, como uma crise ou até uma guerra. Nas vezes em que o dinheiro escapar da mão, quem for dependente dele estará, com o perdão da palavra, *frito*.

Há outros perigos para trazermos à tona quando se trata de empreender, como não ter uma família como apoio, ver gente trabalhando pouco e achar que se dará bem também, "gastar por conta", ou a inexperiência. São fatores que facilitam abrir e também afundar negócios — e depois não me venha dizer que a culpa é da crise.

Sem o apoio de quem o ama e em quem confie fica muito mais difícil... Experiência própria. Numa das vezes que fiquei seriamente endividado, meus irmãos colocaram o patrimônio deles à minha disposição. Não precisei, mas me senti muito mais fortalecido a reagir com esse gesto de extremo apoio; a família é importante porque é sua rede de proteção — e, ao mesmo tempo, ter o bem da sua família em mente na hora de trabalhar o faz chegar mais longe e ser mais perseverante.

Querer trabalhar pouco e ganhar muito também não dá. Quando trabalhávamos na fábrica de carvão, meu irmão e eu somávamos mais dinheiro do que todos os outros meninos, porque dedicávamos ao nosso trabalho 12 horas diárias. Todo mundo queria suar, no máximo, oito horas, e ainda passear nos fins de semana.

Hoje, vejo muito nesta nova geração que falta determinação para trabalhar *até* ganhar o que se quer. Muitas vezes a pessoa está começando a lucrar, mas acaba o gás antes de atravessar a faixa de campeão. Ela acredita, mas não acredita *tanto*. Como dizem por aí, acredita até a segunda página...

Pior ainda é conseguir o rendimento desejado, mas gastar além do que recebe. É aí que a conta não fecha para a maioria das pessoas... A tentação de consumir é gigantesca, turbinada pela vaidade. Pode ser incontrolável. Quem torra dinheiro e gosta de se exibir estará sempre de bolso vazio. Matemática básica.

Empreender não é só ser dono

Atualmente, há um grande incentivo para fazer nosso país ser cada vez mais empreendedor. Muitas reportagens na mídia, comunidades e blogs para trocar informações, incentivos de bancos e outras corporações dando holofote e consultoria grátis a iniciativas inovadoras, investidores-anjos despejando recursos... Tudo isso dá uma falsa sensação de facilidade.

Tenho a obrigação de alertar que querer jogar todas as fichas num negócio sem ter experiência é um risco grande. Empreender, no meu ponto de vista, não faz diferença se for num negócio do outro, na própria carreira. Em outras palavras, ao arrumar um emprego e agir nele empreendendo para si, você poderá ganhar dinheiro igualmente, ter muito sucesso e prosperidade.

Eu fiz isso. Arrumei um emprego e comecei a trabalhar como se fosse para mim, pois entendia que não precisava ser necessariamente o dono do negócio. Ganhei experiência — em negociação e em lidar com

O CATADOR DE SONHOS

funcionários, por exemplo – assim como lapidei meu espírito empreendedor com meu salário na conta todos os meses, patrimônio crescente e apoio dos meus chefes (que ganhavam cada vez mais dinheiro junto comigo).

À medida que eu engordava minha conta bancária, fazia testes colocando um pouco de dinheiro em pequenos negócios e incumbindo meu irmão, meu cunhado, meu sobrinho deles, enquanto estava no emprego. Quando alguma iniciativa minguava, eu ia lá e levantava de novo, pois tinha renda mensal garantida.

O pensamento contrário, de achar que está enriquecendo só o outro, atrapalha seu crescimento. Vejo gente ansiosa para sair do emprego, tendo só a verba do fundo de garantia, para abrir uma empresa. Não!

Trabalhe para alguém, exercite empreender sem os mesmos riscos do dono e, importante, sem o passivo – as obrigações da empresa com as outras empresas (financeiras ou não). Daí, mais à frente, você poderá escolher, com maior segurança financeira e maturidade emocional, se quer continuar empreendendo como funcionário de uma companhia ou sair.

Coloque essa energia no seu departamento, trate-o como se fosse seu. Você vai se destacar dos demais, crescer ali e aprender o suficiente para, depois de ter construído um colchão financeiro, fazer testes até tomar uma decisão mais radical.

Não quer pagar impostos e outros lamentos

A notícia que parece negativa hoje pode servir para algo muito melhor. Se eu ficasse me lamentando por causa da geada que acabou com a lavoura do papai quando eu era pequeno, das latinhas de dinheiro que perdi e de outras passagens aparentemente difíceis que fazem parte de minha história, eu não estaria aqui escrevendo este livro. Estaria chorando na sarjeta.

Lamento igual vemos todos os dias no brasileiro que reclama do político, mas na eleição anula o voto ou não leva o processo a sério. Ele não usa o poder transformador que tem. Daí, bota um cara insano para tomar decisões importantes, e então se revolta, querendo destruir a agência bancária do lado e ateando fogo em ônibus com trabalhadores dentro. Você deveria ter aproveitado melhor seu voto na urna, omitir-se também é tomar uma decisão.

A pessoa reclama que o cara rouba no farol, mas não dá emprego a ele, porque é morador de favela, e sequer o deixa entrar em um prédio comercial. Quer que esse sujeito more onde? Reclama da corrupção, mas tenta ao máximo não pagar impostos e burlar o sistema, como se fosse jogar dinheiro fora.

Como o empreendedor vai agir profissionalmente, formalizar o negócio, ter margem de crescimento, alcançar clientes maiores, se é antiético? Como conseguirá trabalhar corretamente se abre as portas já pensando em não seguir o que dizem as leis? Se planeja maquiar os números usando mão de obra informal ou adquirindo peças sem nota fiscal? Esse é um dos problemas que contribui para que o empreendedorismo não cresça.

Então, não abra um negócio. Faça outra coisa. Ainda é muito confortável para o empreendedor brasileiro fazer mais ou menos. Infelizmente, encontramos empresários que insistem no método do "jeitinho brasileiro" e deixam de pagar impostos. É o início do fim.

Acho triste ver gente tentando de alguma forma tirar vantagem sobre o sistema e vangloriando-se disso. Esse tipo atua sem o registro da empresa, sonegando um pouco aqui e mais um tanto acolá, com a desculpa de que está economizando para conseguir sobreviver. Acontece que roubar 1 milhão de reais ou 10 centavos é a mesma coisa: é roubo.

No Brasil, temos muitas possibilidades de crescer em todos os campos. O brasileiro é criativo, trabalhador, esperançoso, empreendedor de natureza, mas precisa largar o hábito de achar que, por ver os outros fazendo errado, ele não fará o certo. É o contrário. Precisa fazer a parte dele, dar o exemplo e influenciar outras pessoas a segui-lo, de filhos a colaboradores.

Quem faz coisa errada, mais dia menos dia, talvez precise se sujeitar a pagar propina, indo para o lado da corrupção, o que poderá quebrar sua empresa. Você não pode se estruturar sobre uma base que não seja sólida para depois descobrir que pisa numa areia movediça. Está sujeito a desabar a qualquer momento.

Então, é assim: o ser humano cria os próprios problemas. Todos nós somos geradores naturais de problemas. Em vez de reclamar, podemos ser geradores naturais de solução. Quem quer começar?

—————— Eu precisava saldar a dívida do meu pai ——————

Depois do sumiço das latinhas, comecei, de novo, a querer ganhar dinheiro, sempre trazendo meu irmão José comigo. No entanto, desta vez, em vez de só guardar, resolvi investir. Aí veio uma ideia: com o dinheiro que não havia dado tempo de enterrar e aquele que conseguíamos vendendo sucata comprei traves, bola, dois jogos de camisa, chuteiras e meias.

É isso mesmo que você entendeu. Montei um time de futebol em um terreno da favela licenciado ao meu pai pela prefeitura. Não era nenhum Orlando City, clube do empresário brasileiro Flávio Augusto da Silva, mas dava lucro. Cobrava dos que quisessem bater bola, dos que nos chamavam para disputar campeonatos, e também quando vencíamos o placar (recebendo em dinheiro vivo, uma maravilha!).

Com esses ganhos, fortaleci o time aos poucos. Eu era o tesoureiro, o dono do projeto e também o goleiro, para garantir que a bola não entrasse no gol de jeito nenhum. Eu tinha foco, percebeu? Com isso, passamos a obter duas boas fontes de renda; sem abandonar a venda de sucata do lixão, o aluguel de nossos carrinhos de mão na feira e o que mais aparecesse de oportunidade.

Nesse plano de reinvestir, montamos ainda um botequinho do lado do boteco do meu pai. Dentro dele, debaixo do assoalho, por baixo de uma tábua falsa, num quadradinho, ficava nossa nova poupança. Não tinha erro. Era num espaço nosso, e a gente dormia em cima daquilo. Nossas economias não iam mais desaparecer.

Nosso bar era pequenininho, mas o povo gostava de ir lá "tirar uma onda". Vendíamos pinga pelo dobro do preço, mas os adultos valorizavam ver dois garotos simpáticos dando um duro danado, e nos prestigiavam.

Parecia ir tudo bem até meu pai receber a visita da vigilância sanitária e a notícia de que o bar dele seria fechado. O tempo ficou feio! Ele teria de desembolsar uma quantia grande para manter o negócio. Ou se pagava ou fechava, sem choro nem vela. Daí, cedemos toda nossa fortuna acumulada nos últimos dois anos para socorrer o papai.

Só para dar uma ideia de quanto nós havíamos progredido, se havíamos perdido o equivalente hoje a 10 mil reais dentro das latinhas enterradas, conseguimos reunir debaixo do assoalho pelo menos dez vezes mais do que aquele valor. Para salvar o sustento do papai, ficamos quebrados de novo e sem verba para financiar o time.

No entanto, sempre sobra um trocado, certo? Meu irmão, que desanimava fácil, continuou tomando conta do nosso botequinho. Como eu ia fazer 13 anos, pensei que poderia conseguir um emprego com carteira assinada. Estava feliz da vida.

Fucei no jornal e achei um emprego de *office boy* numa empresa chamada Orixá. Interessante. Entrei num ônibus para o centro da cidade e paguei para ver. Perguntei ao rapaz que lá fazia isso:

— Como é o trabalho?

— Você pega uns papéis, põe na malinha, leva para lá e para cá, e traz protocolados. Também paga contas no banco, transmite recados.

— Só isso?

Eu não conhecia bem a cidade para ser *office boy*, mas esse cara falou:

— Eu ensino a você. Pegue esse emprego, que assim eu posso ser promovido.

Conclusão: fui aprovado. Pensei de novo: "Eu vou ganhar dinheiro".

E ganhei mesmo. Era muito fácil. Recebia salário-mínimo, como todo mundo, mas estava acostumado a trabalhar doze horas por dia, e não oito. Então, enchia a minha pasta de manhã com o serviço da empresa e ainda pegava serviços particulares dos funcionários para fazer. Facilitava a vida deles e era bem recompensado com as caixinhas.

Eu me matava nas ruas e nos bancos para cumprir tudo, mas à noite tinha dinheiro vivo no bolso. Passei a receber dois, três salários na carteira e ao menos mais dois extras. Eu era muito honesto, voltava com cada troco certinho, sem faltar um centavo sequer. Não fazia as coisas erradas, e o pessoal me dava mais caixinhas.

Cresci junto com a empresa Orixá, que depois se associou a outra de nome Trevo, e ambas fundiram com outras, até que nasceu o famoso parque Playcenter. Em dezesseis anos de muito trabalho nessa área de entretenimento, sempre com uma atitude empreendedora estimulada e valorizada pelos meus patrões, subi de *office boy* a diretor de operações externas. Com 21 anos, já ganhava o equivalente a 76 salários mínimos *(prometo detalhar essa escalada no capítulo 4)*.

O que quero destacar aqui é que nunca perdi minhas referências de simplicidade e humildade. Como todo brasileiro, depois que fiquei grandinho, quis realizar duas vontades: ter condução e imóvel próprios. Com 18, 19 anos, consegui comprar um apartamento na Cohab de Carapicuíba, na grande São Paulo, de dois dormitórios, chão

O CATADOR DE SONHOS

de cimento queimado. Show. Aquilo se chamava sonho realizado. Junto com meu Fusca, tinha o mínimo necessário para constituir uma família, se quisesse.

Se a minha casa depois ficou grande e mais confortável, é tudo relativo. Tenho zero medo de voltar a ter o que conquistei na Cohab. Aquela é a minha referência e sempre será: é muito sólida, concreta. Qualquer um pode ter. Dois cômodos são o suficiente para um cidadão morar, viver e ser feliz. Então, por que eu não seria feliz?

Assim como não importa se a minha condução atual tem um cilindro ou dez a mais. A minha referência ainda é o meu Fusca. Eu era apaixonado pelo meu primeiro carro. Assim como também sempre fui apaixonado pela minha família, que vem muito à frente de qualquer ganho financeiro.

Sou tão apaixonado por meu irmão José, que cuido dele até hoje. Agora, somos bem diferentes no modo de pensar. Ele nunca esquentava a cabeça, o negócio dele era não perder os bailes. Gostava de música, do pagode, de noitada. Puxou ao meu pai, que tocava sanfona e gostava de um agito. Eu falava:

— Rufino, se a gente não dormir cedo, amanhã de manhã...

— Qual é? Eu levanto mais cedo que você.

— Levanta, mas não raciocina. Se não dormir oito horas por dia, só o corpo fica alerta, a mente não. Nas decisões, você vai vacilar.

— Ah, lá vem você com as suas filosofias, o *blá-blá-blá*... Vou levantar cedo e estarei prontinho para a batalha.

E ele estava pronto mesmo, mas não raciocinava. Fazia m*&%@. E eu segurava a onda. Fazia por mim e por ele. Ganhava o suficiente para sustentar os dois. Sempre juntos, parceiros. E assim foi a vida toda. Até porque ele me dava a chance de testar iniciativas empreendedoras paralelamente ao meu emprego, pois sempre tive o sonho de deslanchar num negócio próprio.

Ele foi essencial para eu fundar a JR Diesel, mas essa é uma história que quero contar direito mais à frente.

Capítulo 03

Só acaba quando termina
e o seu poder de
conseguir o que quiser

Eu quero aqui começar a passar a você essa nova forma de ver a vida. Para que, assim como eu, você aceite as oportunidades que vão lhe trazer sucesso, e faça disso um hábito, porque elas estão aí, e muitas vezes nós é que não as aceitamos. Elas surgem todo o tempo, mas normalmente vêm disfarçadas de algo que você não nota ou descarta por preconceito.

Quando você tem uma oportunidade pequena de ganhar dinheiro e pensa: "É bom, mas muito pouco para mim, vou ver se acho outra coisa", lá se foi uma grande chance de iniciar sua jornada de sucesso. E estou disposto a fazer com que mude esse modelo mental. Digo isso porque, se você se considera bom mesmo e gosta de desafios, com certeza conseguirá transformar um degrau simples em grande cargo ou meganegócio.

Eu sei do que falo. Procurei e aceitei minha primeira atividade remunerada aos 8 anos, e ela me deu uma referência de como era um trabalho. Pratiquei e aprendi o suficiente para, com 10 anos, abrir meu primeiro negócio. Quebrei depois que sumiram com minhas reservas financeiras "enlatadas", mas logo achei mais de uma forma de me capitalizar de novo.

De degrau em degrau, aos 13 anos eu me tornei auxiliar de *office boy*. Pensa que foi pouco? Passar por tudo isso para virar *office boy*? Era só disfarce de uma excelente oportunidade, que foi a de fazer uma carreira executiva de sucesso dentro do grupo Playcenter. Eu ia trabalhar e voltava cantando. Até que uma nova oportunidade disfarçada de dificuldade aparecesse e virasse o meu maior sucesso atual, a JR Diesel.

Há muitos profissionais como eu que trazem uma grande história de aproveitamento das pequenas oportunidades, geralmente com muita fé e humildade. A oportunidade seguida do sucesso está para todos. É só acreditar e fazer sua parte!

Enquanto a maioria complica a vida e repete que a realidade nunca vai mudar para os trabalhadores, alguém precisa acreditar num futuro diferente e ser firme o suficiente para dizer:

— O jogo só acaba quando termina.

Esse alguém precisa ser VOCÊ. Não é o colega do lado, não é o seu patrão, não é a opinião de um economista, não é senhor ninguém. É para fazer "cair a ficha", que trago nestas páginas tudo o que aprendi em campo, no jogo da vida, por experiência própria.

Quero falar diretamente com quem está lendo este livro (você!) e chamá-lo para o trabalho com paixão, para a energia do bem, para as muitas oportunidades que existem e que deixa passar enquanto lê os jornais ou se deixa levar pela sua rotina cansativa.

Eu parto do princípio de que nada é imutável e que, se você passa por situações pouco agradáveis, deve assumir ser o dono todo-poderoso delas, pois foi você mesmo quem as criou. Considere que elas são pequenas e que vai usá-las de alavanca para o próximo degrau. Acredite em você.

Nos negócios, vivemos em tempos de intensas reestruturações, as regras do jogo estão mudando, e o que isso significa? Para mim significa "mudar na intenção", redirecionar seus propósitos. Ou seja, basta você se movimentar, acreditando que sempre será para melhor, e colherá frutos conforme o que está plantando.

Todos nós devemos revisar nosso planejamento de carreira individual, realinhando pensamentos e objetivos com as possibilidades do momento. Eu faço isso quando minha empresa passa por alguma reestruturação, e incentivo meus colaboradores a agirem da mesma forma. Para acharmos novos caminhos de aumentar nossas possibilidades.

Estimativas da consultoria britânica Wealthinsight mostraram que 17 mil brasileiros entraram para o seleto grupo de quem tem patrimônio superior a 1 milhão de dólares em 2014, alta de 8,9% em relação aos supostos 194.300 milionários em 2013, segundo foi noticiado no jornal *Valor Econômico* em 23 de maio de 2015.

O CATADOR DE SONHOS

Essa notícia soa bem aos nossos ouvidos. Quanto às negativas, passe na peneira. Você não tem poder de mudar a mídia, a cabeça dos alarmistas, do presidente do Banco Central, mas tem o livre-arbítrio de fazer sua cabeça e se concentrar somente naquilo que lhe interessa. Vamos aprofundar essa conversa.

Se você sente que o sucesso escapa pelos dedos

A partir deste capítulo prometo contar como faço para simplificar os problemas, reduzindo-os até se tornarem insignificantes perto de tantas realizações positivas. Minha filosofia é: a gente muda o que está sob nosso comando e aceita aquilo que não pode alterar, mas, mesmo aceitando, não perde a chance de transformar — eis o segredo de 1 milhão de dólares.

Se neste exato momento você sente que há algo emperrando o seu sucesso, e que o dinheiro só escapa pelos dedos, precisa trocar de estrada. Se eu posso, se o outro pode, você pode também. Olhe para seus ídolos, quem você admira? Comece por eles. Copie de quem o inspira a ter uma vida mais gratificante. Não precisa reinventar a lâmpada. Há tanta coisa boa para fazer!

Antes de reproduzir o discurso manjado de que a situação do país está de marrom a preta, abra os olhos! Quando você começa a prestar bastante atenção à sua volta, tudo ganha novos significados, porque é o nosso foco que faz as oportunidades surgirem. Esperar que elas pulem na nossa frente para, então, concentrar-se nelas não dará certo.

Quando era pequeno e trabalhava na mina de carvão, comecei a reparar que os meninos que trabalhavam no aterro sanitário vestiam roupas melhores que as minhas. Então, algo de muito interessante deveria ter lá. Fui em busca e me dei bem. As oportunidades estão ao alcance de qualquer um. Basta querer pegá-las.

Vivemos em uma época em que todo mundo reclama de recessão. E o meu raciocínio é que atuo em um segmento que atende todos os outros, pois não há nenhum que não necessite de transporte.

Mesmo que a movimentação de mercado esteja temporariamente menor, crescemos numa média de 30% por ano. E não é promessa nem expectativa, tampouco previsão do pessoal do financeiro, é crescimento concreto, comprovável na ponta do caixa.

— Nos últimos meses, você deve estar vendendo menos peças, não?

Quando alguém me diz isso, eu retruco:

— Por quê? Ninguém parou de comer. Ninguém parou de se vestir. Ninguém parou de viajar... Praticamente todo mundo anda sobre rodas, lembra? O Brasil se movimenta pelas estradas e pouquíssimo por trilhos. Com as nossas dimensões continentais, até que façam boas ferrovias, elas serão úteis para as próximas gerações, não a nossa.

Se a conversa continua, a pessoa costuma dizer que, no meu caso, "é diferente". Será? No caso do plantador de tomates, ninguém para de comer.

No caso do produtor de xampus, ninguém para de lavar os cabelos – e dificilmente passa a usar sabão em pedra só porque leu no jornal que o país está em crise. É verdade que vai procurar um xampu com melhor custo-benefício. Então, há uma oportunidade aí.

No caso de quem empreende, o segredo é estudar bem qual é a necessidade atual do cliente, no novo contexto em que está vivendo. Está em crise, então agora do que ele precisa? E *pau!* Você pode melhorar o custo do seu produto ou serviço para continuar vendendo. Pode usar a criatividade para tornar sua negociação mais atraente. Pode ainda motivar seus colaboradores a darem um show de competência com agilidade. Pode tudo aquilo que quiser tentar. E vai ganhar dinheiro, agindo positivamente e mais rápido que a concorrência.

Você faz o preço justo, e as pessoas consomem. Experimente anunciar que vai ter carro popular a 20 mil reais. Terá fila para comprar. Então, onde está a crise? Na realidade, ela é um jogo de números. O dinheiro só muda de lugar. Ninguém põe fogo nele.

O mito da loteria e do casamento por interesse

Ao longo do livro já deve ter ficado claro que sou um grande incentivador de que as pessoas ganhem cada vez mais dinheiro, que acreditem em si mesmas. Só não vou incentivá-lo aqui a querer enriquecer facilmente, sem (muito!) trabalho envolvido. Digo isso porque você já deve ter

O CATADOR DE SONHOS

ouvido a máxima de que, em nosso país, só se fica rico de duas formas: nascendo ou ganhando na loteria.

Esse é um equívoco em gênero, número e grau. Primeiro porque loteria não deixa tanta gente rica como se pensa. Loteria tira os felizardos do chão, põe nas nuvens... e a maioria desaba de lá.

Dinheiro caindo de árvore, do céu ou de *reality show* é assim: do jeito que vem, geralmente evapora. Basta pensarmos nas listas divulgadas dos mais endinheirados. Tem alguém ali, posando com ar poderoso, porque ganhou na loteria?

Rico mesmo é aquele que construiu a própria riqueza. Quem ganhou na loteria pode ficar rico e pobre num piscar de olhos. De dez caras que botam a mão em bilhete premiado, tenha certeza de que nove não se sustentam por muito tempo. Porque eles não têm noção de oportunidade nem uma referência que lhes dê chão para administrar o dinheiro.

A maior riqueza que temos é a estrutura, a formação, a trajetória de conquistas. Isso, dinheiro não compra. Você precisa estar preparado para ser rico, ou essa fase simplesmente não dura. Vide o exemplo de jogadores de futebol famosos: de cada 100, poucos não se lambuzaram e acabaram perdendo o que conquistaram quando veio a aposentaria. O mesmo ocorre com modelos e atores. Muitos se esbaldam no conforto e/ou na fama, mas é só uma fase.

Quem ganha dinheiro muito fácil, em boa parte das vezes, não tem sustentação para mantê-lo e multiplicá-lo. É igual ao cara que rouba: ele invade um banco e dali a pouco está na miséria, precisando arquitetar outro grande assalto, ou então preso no final.

O dinheiro tem real valor se VOCÊ ganhá-lo ponto a ponto. Se souber a origem, se tiver referência, se puder mensurar como ganhou aquilo − e, tão importante quanto, se não se esquecer de reconhecer e recompensar quem o ajudou.

Há quem apele a outro tipo de "loteria", que é se casando por interesse. Outra cilada. Dormir e acordar do lado de alguém sem vontade é uma prisão. Desse jeito, você até vive no luxo do cônjuge, passa a ser rico para a sociedade. No entanto, não tem duas maravilhas que o dinheiro não pode comprar: amor e felicidade ao redor. Num bom casamento, há ainda a oportunidade de treinar a "arte do ceder": habilidade útil também no relacionamento com clientes, fornecedores, colaboradores, filhos...

Posso falar sobre isso porque sou apaixonado pela Marlene e morro de medo de que ela perca a paciência e me largue! Aí vou me sentir solteiro, bonitão, bem assalariado, arrumar uma gatinha, que vai se empolgar com o meu sucesso... E tudo parecerá lindo até a moça descobrir que terá de cuidar de um cara chato, exigente, mimado, que trabalha quatorze horas por dia, adora um sofá com comidinha na bandeja e não sabe nem se interessa em fazer nada que não sejam negócios.

Não carrego malas, sacolas. Se ela está comigo, não dirijo o carro. Quando viajo — pode ser para o sítio, a praia ou Paris — ela organiza tudo: passagens, hotéis, roteiros e documentos. Eu nem sei qual é a moeda local! Ela me dá a quantia de que preciso e pronto! Se essa mulher me largar, sei lá para onde eu vou. Me perco até em shopping!

Já pensou se a Marlene tivesse se casado comigo só por causa de dinheiro? Ou se fosse o contrário? Existem amor e felicidade, e eu não a trocaria por nenhuma novidade milionária. O que são mais trinta anos nessa companhia? Passa rapidinho porque não é prisão!

Vamos ser adultos. Querer engordar a conta bancária sem esforço pessoal é um mito — assim como outros que vamos desafiar ao longo deste livro — que os empreendedores devem desafiar.

Faça sucesso para você e para mais alguém

Você tem de ser o protagonista da sua história até o apito final do jogo. Parar de sonhar com loteria ou com algum fator externo que possa tomar as rédeas da sua vida por você. No entanto, sua estratégia será realmente bem-sucedida se tiver a filosofia de buscar sucesso não apenas a si mesmo, mas a mais alguém também, trazendo-a para sua estrada de progressos. É ilusão achar que vai longe sozinho e deixar os outros comendo poeira.

Como fazer isso? Compartilhando sempre seu conhecimento e seu positivismo. Ensine tudo o que puder, com humildade e simplicidade, e deixe que o copiem, como estou procurando fazer neste livro. Não caia na

O CATADOR DE SONHOS

armadilha de esconder o que sabe, o que já testou e funcionou. Porque uma pessoa que foi ensinada faz melhor do que você, e ambos ganham.

Vou contar mais adiante como (e quanto) valorizo meus colaboradores, colegas, clientes, familiares. Assim, pretendo incentivá-lo a cuidar também das pessoas ao seu redor, porque o universo vai devolver em dobro. Essa, sim, é uma grande loteria.

Está magoado porque alguns colegas, sócios ou funcionários pisaram na bola com você? Quem vacila, mas tem boa vontade, volta sempre melhor. Nunca desisto de ajudar alguém que queira o meu apoio. Eu raciocino que, se está errando, está melhorando.

Não importa se fulano trabalha para você ou não, todos somos seres iguais. Não o subestime. Você apenas soube usar mais as oportunidades, mas é igual ao outro que não teve ou não enxergou tantas janelas abertas. Mostre-as, e se tornará uma pessoa melhor e um profissional que sabe lidar com pessoas.

Enquanto passar algum ensinamento, alguma experiência ao outro, se ouvir atentamente aquilo que está falando, você vai revisar, repensar, reaprender. Além desse benefício do autoaprendizado, ainda terá alguém para realizar no seu lugar aquilo que ensinou. Não precisará mais fazer aquilo, e poderá delegar, e abraçar novos desafios.

Um dos títulos que pensei para este livro foi "O articulador de oportunidades" justamente porque me considero bom nisso, sem falsa modéstia. É que acho tão fácil articular uma oportunidade para mim e para os outros! Se estamos conversando, e você comenta que seu vizinho engraxava sapatos, meu cérebro já começa a ter ideias: será que ele não pode abrir, vender, oferecer isso e aquilo...

Meu pensamento tem sempre o intuito de beneficiar a mim e a mais alguém, e isso é 100% possível a empreendedores de todos os setores. E digo mais: é um diferencial que faz o seu negócio acontecer mais rápido. Porque o universo devolve. Eu sempre trabalhei com esse conceito, e meu retorno tem sido fantástico.

Empresas em todos os lugares do mundo precisam de capital humano. Onde o dono não enxerga esse valor, também não tem vida. Não tem alta performance. Não tem inovação. Aquele seu grande negócio não vai durar.

Para perpetuar qualquer coisa, valorize as pessoas. Para dar continuidade ao que você faz, melhorar seu patrimônio, ter sucessores e legado, conte com quem está ao seu redor, querendo ajudá-lo e crescer junto.

Eu cresço, e cresce quem está comigo. Sabe por que a minha empresa pertence muito mais aos colaboradores? Se eu somar o ganho de todos eles e o passivo que cada um tem a receber em relação ao meu, eu vou perder. Então, o espírito empreendedor precisa estar neles também, na paixão pelo que fazem. Eu tenho de liderar isso.

Porque, se eu não tiver paixão nem espírito empreendedor, seria mais fácil viver da locação de imóveis, do arrendamento do meu negócio para uma multinacional, e eu não precisaria mais cuidar de ninguém. O espírito empreendedor não é só o dinheiro. Envolve dar oportunidades e administrar pessoas, querendo que seu país seja um lugar melhor.

O empreendedor faz com alma. Ele quer fazer. Sente prazer em criar carreiras, em ver a equipe crescendo e mantendo a bandeira da empresa em alta. Fica orgulhoso com a margem de lucro dele, com a empresa crescendo e com o sorriso no rosto dos colaboradores chegando de manhã. O dinheiro é consequência. E com essa consequência, o empreendedor gera ainda mais empregos e oportunidades.

Influências para o bem

Pelo pouco que escrevi até aqui já foi possível perceber que gosto de manipular as pessoas positivamente! Como empreendedor sei que a grande matéria-prima de qualquer negócio são as pessoas. Meu lema é: aprenda sempre, e repasse mais ainda.

Você precisa ser coerente o tempo todo, porque as pessoas se alimentam de exemplos. Deve saber que, para liderá-las, influenciá-las para um bom caminho, tem de praticar palavras e ações que levem a esse resultado. Manipular positivamente é estender aos outros sua felicidade: não é possível ter um negócio lucrativo, família harmoniosa e comemoração de vitórias, se todos à sua volta estão se matando. Faz parte de suas responsabilidades trabalhar para que as pessoas ao seu redor sejam felizes, ajudar em seus conflitos, influenciá-las – isso é a manipulação positiva.

O CATADOR DE SONHOS

É necessário articular as pessoas com as quais você convive porque elas, às vezes, fazem coisas que não queriam, sem nem saberem por que estão indo pelo caminho errado. E quem tiver o dom de articular uma luz no fim do túnel, de influenciar, poderá ajudar. Eu faço muito isso no meu dia a dia pessoal e profissional, não na maldade, até porque acho desinteligente ser maldoso, e sim na bondade, na boa-fé, visando o bem delas mesmas.

Digamos que eu descubra que pai e filho estão em atrito porque o jovem escolheu uma faculdade que o pai não aprova. O pai, por sua vez, está irredutível quanto ao desejo de que o filho curse a mesma carreira que ele. Eu preparo o mais velho, entro no psicológico dele e faço-o entender, por exemplo, que seu filho não se sentirá realizado com aquele curso. E daqui a pouco esse pai o estará apoiando.

Faço o mesmo com o filho, procurando mostrar a preocupação de pai com o futuro dele, para que veja aquela insistência como uma forma de amor (o que é verdade), e dali a pouco os dois estão se abraçando. No entanto, eles conversaram sem sair faísca. Agora os dois estão preparados para dialogar, e tudo dá certo. Foi só uma questão de ajudar cada um a se colocar na posição do outro.

Se eu falasse para o filho:

— Seu pai é difícil, hein? Quem o convence do contrário?

Depois emendasse com o pai:

— Seu filho... Complicada a idade dele. Falta juízo...

Não ajudaria e ainda colocaria mais lenha na fogueira.

Muito melhor dizer:

— Calma, você tem que entender. Na idade dele, surgem muitas dúvidas, mas isso é passageiro.

E, para o mais novo, lanço:

— Olha, ninguém gosta de você mais do que seu pai. Então, se ele errar, na pior das hipóteses, é porque está tentando fazer o bem. Você só vai entender quanto um pai gosta de um filho quando tiver o seu bebê.

Então, logo está tudo em paz.

Se você é um cara que não se deixa abalar facilmente, tem estabilidade emocional e consegue enxergar caminhos bons, transmita essa energia com firmeza às outras pessoas em casa, na vida social e no trabalho. Você tem dentro de si o poder de influenciar para o bem, a ponto de levá-las para um patamar melhor. Será que está usando esse poder? Como você toca a vida de cada um na sua empresa, no seu departamento, na sua família? É um fato que tocamos a vida das pessoas somente porque existimos, mas *como* o fazemos é uma escolha de cada um. Ter consciência do nosso efeito e direcioná-lo para o bem é o primeiro passo.

Somos seres de luz

Eu uso a minha facilidade de lidar com as pessoas 100% para o bem, porque isso volta para mim. Tenho essa crença firme de que ser respeitoso, perdoar e ajudar o próximo vai retornar para mim também. Então, se eu não influenciá-lo positivamente por carinho ou bondade, farei no mínimo por inteligência. Então, tudo o que sugerir a você daqui para a frente tem esse intuito, de lhe fazer ter sucesso e ser feliz, porque isso me trará sucesso e me fará feliz.

Acredito que tanto você quanto eu somos seres de luz, gerando energia e consumindo a maior parte dela, o tempo todo. Então, vamos ser sábios e produzir a melhor energia possível. Eu me recuso a gerar lixo, porque vou consumir esse troço depois e ainda contaminar mais alguém, que pode ser desde um filho até meu melhor cliente.

Não estou inventando isso, é a lei da natureza. É muito difícil vir alguém que gera energia ruim se dar bem, como políticos corruptos, traficantes famosos... Ou, se eles se dão bem, têm problemas sérios de família ou de saúde, por exemplo. Preste atenção: falência múltipla dos órgãos, câncer, úlcera, aneurisma, cardiopatias. Foi o que a energia deles gerou a eles mesmos.

Já ter uma família com F maiúsculo, trabalhar com paixão, alcançar (e proporcionar) prosperidade, acordar sempre animado vai lhe retornar somente coisas boas. Você consome aquilo que gera, e gerar depende do que você pensa, sente e age. Deixe o sujeito com energia ruim se dar mal sozinho, continue no seu caminho atentando para a ética e se perguntando se está fazendo a vida das pessoas melhor do que antes pela sua presença. Olhe para o outro lado, olhe para cá, ou melhor: olhe para aonde você quer chegar e para quem você pode levar junto para lá.

Qual é a sua energia? É ir para a frente, ajudar o próximo, realizar coisas... Então, temos afinidades e vamos nos dar muito bem. Traga com você quem está na sua energia, quem não tem ruindade nos olhos. É mais fácil, não pesa na sua bagagem de vida. Você não precisa carregar ninguém, porque quem tem sintonia vai junto. Copiou? Temos muita energia boa ainda para trocar.

Encontrei mil e uma maneiras de enriquecer

No início da minha jornada de *office boy*, eu tinha dois patrões judeus nessa empresa que depois se tornou o Playcenter. A gerente falava:

— Geraldinho, você não pode entrar na sala deles.

— Por que eu não posso, dona Mafalda?

Como não enxergava um motivo, continuava a entrar na sala desses sócios-diretores. Um dia, ela foi mais incisiva:

— Senta aqui, que eu vou explicar. Eles são racistas.

(Com 14 anos, eu não queria ir à escola, porque preferia usar esse tempo para ganhar mais dinheiro. Por não saber o que significava racismo...)

Na verdade, ela apenas achava que eles eram racistas. E o achismo é um problema. No entanto, eu me esquecia do aviso, entrava, e eles me davam trabalho. Certa vez, um dos patrões me mandou comprar ingressos no Teatro Municipal:

— Eu quero esses dois lugares – afirmou, desenhando um mapa da sala e apontando duas cadeiras num camarote.

O neguinho folgado aqui respondeu:

— Só porque o senhor quer vai conseguir esses dois lugares!

— Só faça o que eu estou pedindo. Vá lá, fale para o bilheteiro que eu quero esses lugares e entregue todo este dinheiro – disse, sinalizando que era para eu dar uma caixinha gorda.

— Nossa, quanto dinheiro!

— Geraldinho, vai lá e faz isso.

Eu fui. Falei no guichê:

— Meu patrão é meio xarope, ele quer estes dois lugares aqui – disse, apontando para o mapa de assentos.

— Seu patrão deu sorte. Estão disponíveis.

O sujeito me vendeu o camarote do jeito que ele queria. Paguei só o valor devido pelos dois ingressos e voltei com toda a caixinha "extra". Pus na mesa do patrão, no envelope.

Passados alguns minutos ele me chamou, bravo:

— Olha o que você fez!

— O quê? Os ingressos não estão certos?

— Os ingressos, sim. Mas olha o que tem neste envelope. Conta esse dinheiro.

Eu contei e devolvi, reafirmando que estava tudo certo.

— Por que você não fez o que eu mandei?

— O senhor mandou, mas eu cheguei lá e tinha os ingressos. Por que eu ia dar ao cara mais esse dinheiro? Está aí de volta. – E saí da sala irritado.

— Dona Mafalda, não vou mais à sala desse cara. Ele é folgado.

— Como é folgado? Ele é seu patrão.

— Eu não fiz nada errado. O dinheiro está lá.

— Geraldinho, eu vou explicar uma coisa a você. Vai ter de voltar para a escola.

— Ah, não vou. Vou ganhar dinheiro.

— Você precisa aprender um monte de coisas.

Vendo que eu não ia ceder, ela condicionou: ou eu voltava a estudar (não havia completado o antigo primário) ou seria demitido. Aí eu pensei: "Já consigo ganhar três, quatro salários. Imagina que eu vou ser dispensado!" Encarei o supletivo à noite, quando fui realmente aprender sobre discriminação, racismo... .

Quanto ao troco dos ingressos, fui chamado novamente pelo patrão:

— Ó, pega este envelope. É seu.

Não só a conta estava certa, como ele me deu de presente aquele "extra" não utilizado, que valia pelo menos uns três salários meus. Era uma recompensa pela minha honestidade. Eu poderia ter embolsado aquela propina, e o patrão nem saberia. No entanto, já ganhava o meu dinheiro e não queria nada dos outros. No final ganhei mesmo assim, sem ter o peso da energia ruim de roubar algo, de fazer algo escondido.

Quando os sócios mudaram para uma área enorme na Marginal Tietê e montaram o Playcenter, surgiu uma vaga no departamento que controlava as fichas e os passaportes

O senhor judaico-alemão que, no começo, tinha tudo para ser racista, foi justamente quem me recomendou e permitiu que eu fosse comissionado. Nossa senhora! Trabalhava feito um louco, mas era reconhecido e muito bem recompensado.

A primeira responsabilidade que me deram: recolher os bilhetes nas urnas e destruir, para que não fossem reutilizados. Eu fazia isso como ninguém! Naquele departamento, chamado Controler, que era uma espécie de Banco Central do parque de diversões, só podia trabalhar ali gente de confiança da diretoria, para evitar caixa dois.

Meu chefe, um japonês muito "gente boa", era cunhado desse cara que diziam ser racista. No meu aniversário de 15 anos, junto com a comemoração, bolinho e tal, ele veio com um embrulho. Era um livro.

Ahh, que decepção! Achei que fosse me dar dinheiro ou um relógio. Disse obrigado, fingindo ter gostado do presente, mas nem abri.

— Geraldinho, e o livro? *Tá* gostando? – Quis saber o chefe.

— *Tô* – menti. Fazer o quê?

— Sabe aquele trecho que diz...

Ai, ai, ai. Como eu tinha muito respeito por ele, folheei o livro. O título era bacana, *1001 maneiras de enriquecer*, mas lá não havia nenhuma fórmula de loteria esportiva nem a mensagem de que num passe de mágica eu poderia ficar rico. Deixei numa gaveta.

Contudo, de tanto meu chefe pegar no meu pé, resolvi ler pra valer. O livro dizia que você pode tudo, basta mentalizar positivamente. Há mil e uma maneiras de enriquecer, escolha a sua. Acredite nela, trabalhe doze horas por dia, foque seu objetivo... e não tem erro. Vai conseguir. A chave é acreditar. Pensei: "Ah, eu tenho poder? Então vou testar".

Correndo para cá e para lá como *office boy*, eu me alimentava mal e adquiri uma gastrite. Precisava comprar remédio para curá-la. No entanto, eu era supereconômico, nem com isso queria gastar. Disse a mim mesmo:

— Já sei. O livro não diz que tenho poder e que o cérebro comanda o resto do corpo? Pois vou tomar água e mentalizar que é para curar minha gastrite.

Bebia muita água, até da torneira, informando ao cérebro o meu objetivo. Seis meses depois, eu não tinha mais aquela doença. Pensei: "Nossa, eu sou muito bom, hein?".

O médico até brincou:

— Nossa, vou receitar seu remédio para mais gente. Você não tem mais nada, pode ir.

Saí do consultório decidido a checar até onde a lição do livro funcionava. Foi aí que mentalizei ter o meu tão sonhado Fusca. Comecei a pensar noite e dia em comprar um. Com 16 anos e uns quebradinhos, eu consegui.

Daí eu disse:

— Ah, eu posso muita coisa!

Comecei a combinar tudo o que queria com meu cérebro e comecei a conquistar cada vez mais coisas. Acreditando e agindo. Com foco num objetivo. Sem vacilar na determinação; e projetando metas viáveis, de acordo com minhas possibilidades. Não "viajava na maionese" de querer ter uma Ferrari, por exemplo.

Vi uma Brasília passando, e estava ao meu alcance. A diferença era pequena. Ficava imaginando e trabalhando. Mentalizando, fazendo umas continhas e juntando dinheiro. Quando menos esperava, sentei atrás do volante da Brasília.

Eu namorava o Passat Dacon e, aos 19 anos, tive um. Com teto solar! Isso porque eu batalhava, acreditava e ganhava dinheiro para tê-lo.

Então descobri que podia mais e mais, e nunca mais abri mão disso. Tenho uma facilidade absurda de acessar esse poder, que, não paro de reafirmar, todos nós possuímos – essa mesma energia, as mesmas oportunidades. O universo disponibiliza ferramentas iguais para todos. Talvez o meu chefe tivesse dificuldade em alcançar aquilo que me ensinou ao dar o livro. Por algum motivo, ele não chegava lá. Provavelmente faltava acreditar.

Já eu testava a teoria do livro, intuitivamente, das mais variadas formas. Por exemplo, ia para os bailes e escolhia uma menina. Olhava para ela e dançávamos juntos. Dançarino tem vantagem na paquera. Na terceira música, estava de mãozinha dada com ela.

Como era fácil usar o poder da mente para manipular as oportunidades. E eu encaixava uma na outra, até vir parar na minha mão. Faço isso desde sempre. Sem tirar nada de você, sem fazer mal a ninguém. Quando quero algo, saia de baixo que fatalmente vou conseguir! Não duvide do seu poder também. Use-o com as sugestões que vou dar.

Capítulo # 04

Ver oportunidades
não é
dom divino

As pessoas sempre gostam de conversar comigo sobre a arte de enxergar oportunidades, seja pelo Facebook, seja em palestras. Esse tema também está sempre presente em minhas entrevistas. Todos ficam curiosos para saber qual é meu segredo, pois é justamente não ter segredo. Porque sei que tenho essa habilidade, essa energia dentro de mim. Tudo, no meu modo de entender a vida, é uma oportunidade. E sempre estou de braços abertos para abraçá-la.

No entanto, não há nenhum segredo. É muito importante desfazer o mito de que isso seja um dom divino, que só alguns privilegiados possuem o faro para enxergar essas coisas. Nada disso. Ver oportunidades é fruto da persistência e da crença inabalável de que você vai conseguir subir os muitos degraus da escada.

E, olhe, há muitas opções a escolher para realizar seus sonhos. Há tanta coisa que qualquer um pode fazer! Se você olhar para a frente já tem oportunidade. Se olhar para o lado, para trás, para cima... Em todos os lados encontrará saídas, soluções, ideias, inovações. É muito fácil, na verdade.

Se insisto tanto para as pessoas desenvolverem faro para as oportunidades é porque elas estão ao nosso alcance. Sempre. Vou dar alguns exemplos da minha história.

Na época em que trabalhávamos no lixão, meu irmão e eu tivemos um "negócio" que nunca comentei em entrevistas: como nossa família havia evoluído financeiramente depressa, no início dos anos 1970 somente nós tínhamos televisão entre os moradores de nossa rua.

Chegávamos da escola, púnhamos cadeiras, preparávamos pipoca, arroz--doce (meu irmão sempre teve jeito para cozinhar desde pequenininho) e cobrávamos ingresso para a molecada assistir ao filme que passasse na tevê naquela tarde. Isso era uma oportunidade.

Mais esta: para quem mora em comunidade, é natural ir a ensaios de escola de samba e outros agitos. Nos fins de semana, nas poucas horas livres que tinha (porque sempre trabalhei doze horas por dia), ia aos bailes dançar vários ritmos. Não perdia a chance de participar dos festivais de dança, porque os primeiros colocados ganhavam dinheiro. Eu fazia aquilo por diversão e por interesse, também. Eu me divertia, divertia quem me assistia e ainda voltava para casa com meus suados trocados.

Isso tudo sem contar a atividade extra de alugar no fim de semana nossos carrinhos — aqueles que a gente usava para trazer a sucata do lixão — para os meninos transportarem a feira das madames. Replicamos a ideia numa rampa grande perto de casa. Produzimos carrinhos de rolimã e lucramos alugando e apostando corrida. Veja só como é fácil ganhar dinheiro!

Você já é vitorioso, entenda isso

Esperar que Deus entregue as oportunidades de bandeja é que não dá certo. Ele já fez a parte mais difícil: criar você. Costumo dizer o seguinte: para nascer, você já teve de encarar o primeiro desafio, que foi a corrida dos espermatozoides. Quantos milhões ficaram no caminho e não fecundaram? Você conseguiu, cara. Você nasceu. Deus já fez sua parte, deu um empurrãozinho e o trouxe a este mundo. Primeira vitória.

Eu, então, sou supervitorioso. Nasci num parto de risco. Ou eu ou a mamãe teria condições de sair dali vivo.

— Considerando que mamãe já tinha sete filhos para cuidar, vivos, na dúvida meu pai se calou e não escolheu.

Contudo, o médico, doutor Geraldo, foi muito competente e salvou os dois. Muita gente pensa que ganhei esse nome porque minha mãe se chamava Geralda, mas foi por causa do médico que me salvou. Justa homenagem!

A segunda vitória? Você tem saúde. Muita ou pouca, mas você tem. Está vivo. Quer mais o quê? Deus também lhe deu liberdade, livre-arbítrio,

O CATADOR DE SONHOS

inteligência, capacidade de pensar. Deu as melhores coisas que você tem. Está esperando que Ele faça mais alguma coisa? Você já possui as ferramentas para encontrar o ouro. Vá cavar.

As oportunidades estão à sua volta o tempo todo. E você atrai o que quiser com sua energia vital, mental, espiritual. Não consegue enxergar, mas é energia limpa, que gera quando está buscando oportunidades.

Até pode estar gerando energia pensando em dar um golpe em alguém. Se a intenção é para o bem ou para o mal, nos dois casos vai conseguir, você tem livre-arbítrio. A diferença estará no resultado atingido.

Digamos que fale repetidamente:

— Deus, me ajude, eu preciso arrumar um emprego... Deus, me ajude, eu preciso ajudar minha mãe...

Daí, sai de casa de manhã, passa por uma obra e escuta de um trabalhador:

— Aqui tem trabalho, mas é só por uma semana. É para carregar tijolos. Vamos?

— Ah, não.

Você continua andando. Volta tarde para casa, cansado, e cobra:

— Puxa, Deus. Todos os dias eu saio para procurar trabalho, e o Senhor não me ajuda!

Deus ajudou, cara. Estava no meio do caminho, vestido de pedreiro e o chamou para carregar tijolo com ele. Você estava com a faca e o queijo na mão, mas preferiu não cortar. Não quis cortar, não comeu o queijo, e voltou faminto para casa, achando que aquele pedreiro queria humilhá-lo, que o trabalho não valia o esforço, mas, para quem não tinha nada, será que não valia mesmo?

Era Deus, querendo que você carregasse só alguns tijolos. Ali estava a sua oportunidade. Alguém ia passar e vê-lo trabalhando, poderia oferecer mais trabalho e talvez você fosse até ser efetivado... Ou ia lhe ensinar como executar uma nova atividade. De servente de pedreiro poderia alcançar um cargo na construtora. Já pensou?

Nenhum trabalho é humilhante. Você não saiu de manhã para procurar alguma coisa? A oportunidade era aquela, na obra.

Pare de só olhar o embrulho dos presentes

Pare de olhar o embrulho, aceite o presente e abra logo de uma vez! Como você encara uma oportunidade? Quando não faz isso com sua energia limpa, e aquela combinação de humildade com simplicidade de que falei no início deste livro, você começa a ter preconceitos.

Se eu digo a uma mulher:

— Trouxe esta rosa para você.

— Nossa, que linda. Fiquei encantada — ela me responde.

Pega nela e encontra um espinho. Olhe para essa flor maravilhosa, sinta seu perfume! Você vai ficar chateada ou rejeitar o presente porque tinha essa característica? Toda rosa tem espinhos!

As oportunidades surgem o tempo todo. Você decide se ACEITA ou não, de forma positiva. Para mudar de comportamento, e enxergar dificuldades como oportunidades, você precisa aceitar positivamente.

Costumo dizer que é como o exemplo da bosta e o cavalo. O pessimista ganha o animal e fica preocupado com detalhes do tipo: onde poderá guardar, o gasto com comida e a sujeira que fará. Ué, monta no cavalo e vai embora. Aproveite!

Já o otimista, quando recebe o estrume, não fica pensando, humilhado, "Puxa, me deram uma bosta". Ele pergunta, animado:

— E cadê o cavalo?

— Ah, não tem.

— Então, isso já me serve de adubo. Vou usar para plantar alguma coisa.

Ou seja, enquanto o primeiro só vê confusão, acha que tudo é ruim, dá trabalho e faz sujeira; o segundo enxerga claramente um desafio, um meio de progredir.

Existe oportunidade em todas as esquinas, 24 horas por dia. Se você é deficiente físico e não tem família, tenho certeza de que encontra mais dificuldades, que a sua luta precisa ser reconhecida, mas não em uma posição de vítima. Porque sabemos de exemplos de pessoas que superam qualquer parada, e são elas que devem inspirá-lo. No entanto, se você consegue respirar, andar, movimentar-se com independência, tem saúde, e está passando necessidade, é porque procurou isso.

O CATADOR DE SONHOS   69

Já vi uma pessoa oferecer uma oportunidade de serviço doméstico a quem estava passando necessidade e ser mal interpretada. A pessoa teria renda, comida, um teto seguro para dormir e a chance de dar o próximo passo. Contudo, é muito provável que nem queira tentar. Considera humilhação? Caramba, era uma oportunidade!

Tenho uma telefonista que já foi empregada doméstica na minha casa. Ela estava de férias e havia ido visitar uma amiga, que trabalha na minha empresa – e que a indicou para minha mulher. Pois bem, justamente naquele dia, a telefonista estava atrasada, havia ficado presa no caminho por algum motivo, e então essa pessoa me disse:

— Eu sei mexer nisso. Posso atender ao telefone?

— Pode. – Deixei e a observei.

Resumo da ópera: ela atendia ainda melhor que a titular ausente. Não dispensamos a telefonista oficial, mas, na primeira vaga que surgiu para esse trabalho, transferimos a moça que era doméstica para essa função na empresa.

Portanto, ela está trabalhando, feliz, como telefonista porque aceitou, antes, ser doméstica. Veja que ela tinha instrução, boa formação, sabia se comunicar bem. E não foi nada programado.

A oportunidade surgiu de surpresa, como geralmente acontece com todos nós. E essa moça não a deixou escapar. Usou sua energia vital ao se oferecer para atender. Daí o universo conspirou, veio a chamada "sorte". A mão de Deus já estava lá desde o começo, mas os caminhos nem sempre se mostram num embrulho bonito.

A chance dela estava embalada de forma simples, num "papel" não tão agradável. Contudo, o presente já estava lá dentro. Você precisa aceitar isso, em vez de apenas pedir "que Deus me ajude, que Deus me ajude" sem tomar nenhuma atitude.

Isso me lembra um filme muito verdadeiro e que sempre que assisto, rio muito. Trata-se do filme *Todo Poderoso*, com o ator Jim Carrey. Ele mostra que muitas vezes as pessoas estranham quando recebem aquilo que pediram a Deus. Elas têm fé ou não têm?

Imagine um cara que não faz nada da vida, passa o dia tomando cerveja no boteco, ganhando milhões de reais na loteria. A primeira coisa que faz é viajar, depois trocar de carro, saldar as dívidas de familiares, mas não sabe o que fazer para multiplicar esse dinheiro.

Mesmo assim, ele pede a Deus para tirar essa sorte grande. No entanto, se for atendido, deverá se separar da mulher, achar que o filho é vagabundo, começar a ostentar, arrumar namoradinhas novas, passear de carro esportivo... Vai surtar ou ser morto por algum invejoso. Deus sabe o que faz, Ele deve pensar "Se eu puser dinheiro na mão desse sujeito, vou acabar com a vida dele".

Atraia só o que é bom

As coisas acontecem conosco quando pensamos muitas vezes nelas, porque o pensamento tem mais poder do que você imagina. Aí seu poder começa a influenciar as energias do universo a fim de que aquilo aconteça. Funciona tanto para alcançar algo positivo quanto negativo (se seus pensamentos eram ruins, pesados). O poder é igual. Você usa a seu critério. Existe um ditado que afirma "o universo só responde 'sim'".

Se pensar negativamente por muito tempo... seja feita a vossa vontade. Se pensar positivamente por muito tempo... seja feita a vossa vontade também. Você tem esse poder 100%. Sou praticante dessa teoria, como expliquei no capítulo anterior. Quero, projeto, alcanço.

A Lei da Atração é universal, vai materializar para você também aquilo em que estiver pensando. Ciente disso, por que ocupar a mente com besteiras e lixo? Cuide melhor de sua cabeça e poupe-se de acumular as coisas negativas que tentam colocar nela.

Eu só penso ou absorvo o que me interessa, só o que soma. Se a notícia será boa para mim, ótimo. Foco nela. Se vai me preocupar, é ruim e vai refletir negativamente na minha vida, deleto. Faço isso com a mídia e com conversa pesada de quem cruza os braços e só se vitimiza.

Quando posso, aconselho:

— Meu amigo, pare de ver tanto noticiário negativo. Se ligar a tevê e o assunto não for de seu interesse, não grave, não copie. Você é livre!

Agora, para potencializar sua força mental, não adianta só pensamento positivo se você não trabalhar para acontecer. Junto com meu pensamento positivo tinham de doze a quatorze horas trabalhadas, e zero mágica. Essa é a conta que dá resultado positivo aqui, no Japão, nos Estados Unidos, em qualquer lugar. Isso não é teoria, é matemática, ciências exatas.

Use seu poder do bem

Fazer o bem — a si mesmo e aos outros — é mais fácil do que fazer o mal. Há muitas oportunidades de ser colaborativo com alguém, e o universo devolve em dobro. Vide a oportunidade que o doutor Saulo Ramos me deu de engatar meu negócio atual, porque anos antes fui útil a ele, quando era *office boy*.

Via de regra, ninguém rejeita o positivo. Só quem for louco ou tiver autoestima fraca. E alguém tem o poder de fazer mal ao outro? Não creio nisso. O poder que temos é de fazer o bem. Eu posso ajudá-lo a atravessar a rua, a comprar um remédio que vai curá-lo, a concluir um curso. Eu posso ajudá-lo a ter um monte de realizações positivas. E fazer uma maldade? Só se você deixar.

Olhe que interessante o poder do bem: posso ajudá-lo, inclusive, sem consultá-lo e sem que você saiba. No entanto, não consigo lhe fazer mal da mesma forma, pois você tem a opção de impedir. Se você colocar sua inteligência para funcionar, não conseguirei fazer sua cabeça.

Faço o bem, não olho a quem e não aguardo nada em troca. Nem um agradecimento. Se você estiver esperando reciprocidade ou agradecimento, significa que aquilo que fez já está lhe fazendo falta, deixando um vazio. Vou fazer isso comigo para quê? Faço e pronto, viro a página. O universo gravou.

Meu sobrinho, certa vez, me fez esta pergunta:

— Tio, como o senhor consegue dinheiro para ajudar tanta gente?

Ele se referia principalmente ao fato de eu cuidar da minha família desde sempre, com conforto e algumas mordomias.

— Boa pergunta. Nunca fiz essa conta. Sempre consigo ajudar financeiramente as pessoas e nunca me fez falta — respondi, depois de pensar um pouco.

Cuido da minha sogra, por exemplo. Quando me casei, ela já morava num apartamento meu. Ela tem cinco filhos: nutricionista, professora de música e três comerciantes... Mesmo assim, sabe por que sou provedor e cuido dela? Para ficar tranquilo de que não precisará dar satisfações, não haverá cobranças sobre o que faz ou deixa de fazer.

Em relação a pessoas que não querem ser ajudadas, daquele tipo marrento, é preciso ser realista e mudar o que pode e aceitar aquilo que não pode. Assim, você não sofre. Se não querem vir, não venham. É livre-arbítrio. Vou continuar querendo bem, mas profissionalmente prefiro que fiquem longe.

Importante ter esse cuidado, para não constranger aqueles que estão de boa vontade e querem agarrar as oportunidades com você. Não deixe pedras no caminho. Olhe para elas e concentre-se somente naquelas que irão transformar-se em oportunidades de ir além.

Sempre dobrava minhas metas

Realmente ganhei muito dinheiro na empresa que começou como Orixá e chegou ao grupo Playcenter. E não tem preço o orgulho que sinto de ter participado ativamente do nascimento das várias unidades do Playland. Consegui muito mais do que eu sonhava (dois cômodos e um Fusca, lembra?) por uma razão muito óbvia: sempre aproveitava todas as oportunidades.

Eu ainda era menor de idade quando os sócios contrataram uma empresa que vendia uma máquina chamada "Quem É Você? Teste de Personalidade", e me deram para cuidar. O diretor me autorizou:

— Geraldinho, vá aprender a mexer naquilo ali.

Assumi o desafio, auxiliado por uma nova equipe de doze pessoas, e o movimento foi crescendo. O negócio era ótimo para os sócios e mais ainda para nós. Um programa emitia um cartão com a personalidade da pessoa, e recepcionistas bem-vestidas passaram a vender também passaportes do Playcenter.

Montamos estandes em torno dessa máquina no aeroporto de Congonhas e em shoppings. Eu trabalhava como louco, mas lucrava muito. Os membros da minha equipe que me acompanhavam só tinham motivos para sorrir.

O CATADOR DE SONHOS

Os sócios me permitiram colocar carrinhos de pipoca. Meus pipoqueiros eram impecáveis. Vestidos no capricho, de vermelho. Eu colocava gordurinha para exalar aquele cheiro irresistível. Vendia muito. E o melhor: era comissionado. Hummm!

Empolgados, eles inovaram importando brinquedos eletrônicos da Itália e instalaram em vários shoppings para eu cuidar também. Nascia, assim, o conceito dos Playlands, que chegaram a dar mais resultado que o próprio Playcenter.

Meus patrões riam à toa, porque tudo o que eu fazia era com dedicação máxima e gerava lucro para eles. Em contrapartida, eles me davam espaço para empreender dentro do grupo. Eu recebia uma meta e dobrava. Subiam a régua? Eu dobrava de novo.

É por isso que, aos 21 anos, já ganhava 76 salários mínimos. Quer dizer, lá mesmo eu adotava um espírito empreendedor. Tocava aqueles negócios como se fossem meus. A grande sacada era essa. Eu entendia que não trabalhava para eles, e sim para mim.

Tanto era assim que dava incertas no pipoqueiro perto da meia-noite, para averiguar se a gravata-borboleta dele estava no lugar. E, se quebrava uma máquina do teste de personalidade em algum shopping de São Paulo, eu colocava dentro do meu carro e amanhecia no Rio de Janeiro, para consertar. Por minha conta.

Eu era gerente de operações externas, cuidando dos negócios fora do Playcenter, e estudava à noite na faculdade. Escolhi o curso de computação, para me garantir estabilidade. Naquela época já sabia que, se eu aprendesse a mexer em computador, não me faltaria emprego.

No entanto, parei no segundo ano, por não conseguir dar conta de tantas operações, para tristeza da dona Mafalda, que sempre mandou em mim e conferia notas, boletins...

— Ah, dona Mafalda, não dá mais.

— Não?

Ela avisou a diretoria e mandou me chamar. Fiquei com o coração na mão, temendo ser demitido. Aí, um de meus patrões falou:

— Mafalda, você não está entendendo...

— Eu *tô* entendendo. O Geraldinho é que não está entendendo. Ele vai para a escola já.

— Não, você não está entendendo. Faça o favor de respeitar o seu colega de trabalho.

Ela era gerente de contas internacionais e eu, gerente de operações externas. Eu estava acima dela, porém ela não ligava e mesmo assim eu ainda a obedecia, porque o carinho e o respeito que eu tinha tornavam a dona Mafalda uma segunda mãe.

Reconheço que dona Mafalda só queria o meu bem. Tanto, que nem pensei em hierarquia. Contudo, meus patrões não se incomodavam com diploma porque sabiam que, mesmo sem curso superior completo, eu gerava muito lucro para o grupo. Na escala de resultados, precisaria dar um resultado específico. Com os departamentos de que cuidava, eu dava três vezes isso. Então, me davam liberdade para trabalhar.

Ganhava cada vez mais dinheiro e os deixava felicíssimos. E eu trabalhava, viu? Trabalhava *muito*. Isso durou dezesseis anos, de segunda a domingo, sem folga nem férias, visto que eu sempre queria vender o período. Eu estava determinado.

E você se lembra de que eu disse que passaria a reinvestir o dinheiro que ganhasse? Desde o episódio do sumiço das latinas, estava sempre articulando alguma atividade paralela para o José tocar, uma vez que ele não conseguia trabalhar como funcionário. Além de ajudar esse meu irmão adorado, era a chance que eu tinha de experimentar empreender em algo próprio, mantendo a estabilidade do emprego.

A primeira investida foi numa Kombi, para ele fazer carretos, promover excursões e prestar serviços a uma transportadora. Comprei a segunda, mas a época estava melhor no setor de construção. Então, trocamos os dois carros por um caminhão caçamba, daqueles pequenos para levar terra para as obras. Chegamos a ter cinco, que ficavam estacionados na rua de casa.

Eles precisavam ser bem aquecidos para o freio funcionar direito. Numa manhã, o motorista da frente fez alguma besteira e os que vinham atrás bateram todos. O acidente saiu caro para o meu bolso, pois o negócio parou. Mas eu ainda tinha crédito e os salários do Playcenter.

Com a venda dos veículos batidos, investimos em dois caminhões médios, para transportar adubo do porto para o interior paulista. Aquilo parecia promissor, então trocamos os dois por algo maior, uma carreta, e mais tarde adquirimos outra. No entanto, em 1984, entramos num período mais difícil de acesso ao porto de Santos e não pagamos o seguro delas.

Justamente nessa fase, ambas tombaram no mesmo mês. Com o que sobrou delas – e aproveitando que nosso irmão Moacir tinha facilidade com serviços de mecânica –, tive a ideia: e se eu financiasse uma oficina para os dois a fim de desmanchar os veículos, recuperar as rodas, vender as peças? Mãos à obra. Eu passava por lá de manhã e seguia para o outro trabalho.

Novamente uma oportunidade, baseada no lema "faça o bem e não espere nada, pois o universo devolve". Como eu havia facilitado a vida dos funcionários fazendo

O CATADOR DE SONHOS

serviços de *office boy*, era bastante querido. E um advogado do Playcenter que me queria muito bem soube que eu estava mexendo com peças de caminhão e falou:

— Ô, Geraldinho, tenho uma boa notícia para você. Meu amigo está trocando sua frota por caminhões mais novos, ele tem uma mineradora em Vazante, Minas Gerais, e vai vender um monte de peças de caminhão. Interessa?

Esse advogado era muito renomado e prestava serviço no Playcenter. Não me esqueço da sua sala imponente. O tapete era alto, do tamanho do meu braço. Ele deu um telefonema e me avisou:

— Meu amigo vai atendê-lo.

O amigo dele era ninguém menos que um grande empresário do ramo da mineração, irmão mais velho do Antônio. E olha a coincidência: o tio da minha cunhada, mulher do meu irmão, era motorista da família. Aí facilitou ainda mais me colocar na frente do empresário. E.e disse:

— Você pode ir até lá para ver.

Realmente havia peças à vontade, mas também caminhões. Ouvimos:

— Não querem levar os caminhões também? Podemos dar um bom prazo de pagamento.

Financiei uma parte da entrada, negociei parcelas com base nos meus rendimentos no Playcenter... Foi uma "missa" para trazer dezoito caminhões para São Paulo. Mas como valeu a pena! Vendemos alguns, desmanchamos outros. E, assim, nasceu em 1985 a JR Diesel, num terreno de 250 metros quadrados, em Osasco.

Escolhi esse nome por gostar muito do meu irmão e parceiro, José Rufino, e também porque adorava o seriado *Dallas* e seu protagonista J. R. Ewing. Um magnata de petróleo que fazia, acontecia, tinha ousadia, era reverenciado por todos. Uma sigla forte.

Entretanto, meus irmãos se empolgaram com os ganhos financeiros e, passados seis meses, quiseram trilhar outros caminhos. Um deles saiu primeiro, pegou a parte dele, dizendo querer montar uma loja de móveis. O outro resolveu arrendar uma fazenda e encher de bois como parte do dinheiro da empresa, fragilizando-a e me obrigando a voltar à ativa. Como só olharam o lucro, acabou o dinheiro sem que tivéssemos quitado o financiamento.

Aquilo foi definhando, definhando; e como eu tinha de coordenar as operações externas no Playcenter, não podia me dedicar exclusivamente a isso. Conclusão: quebrei de novo no negócio próprio e fiquei devedor. No entanto, essa situação me deu a oportunidade de articular uma virada de 180 graus na minha vida.

Capítulo

05

Tenha credibilidade, mesmo sem crédito

Família é o maior dos patrimônios, é aquele do qual eu cuido melhor. Então, sempre me preocupei em oferecer oportunidades aos meus parentes, trazendo-os para ser meus sócios. Eu havia conquistado um ótimo emprego, estabilidade e comissões bastante rentáveis no Playcenter. Portanto, tinha crédito e dinheiro para investir em um negócio paralelo com eles.

O mais importante: eu sempre tive credibilidade para financiar nossos sonhos, pois os credores tinham certeza de que eu pagaria. Também sempre tive credibilidade com meus familiares, que confiavam no meu faro empreendedor.

Dedico este capítulo a essa relação entre crédito e credibilidade, tão importante na hora em que se enfrenta problemas sérios, a ponto de deixar suas finanças no vermelho. Vamos entender isso bem.

Nos capítulos anteriores, você teve a prova de que, se um negócio não dava tão certo quanto a gente esperava, eu partia para outro vendendo o primeiro, e meu irmão recomeçava. Foi assim com as Kombis, trocadas por caminhões pequenos, que se tornaram médios e ficaram grandes... Até que tombaram, dando-nos a oportunidade de inovar no mercado de reciclagem de peças de caminhão.

Essa construção empreendedora com base em tentativas e erros envolveu, obviamente, várias quebras. No entanto, eu ia lá e sustentava, ajeitava e levantava de novo. Detalhe: levantava numa situação melhor. Eu sempre acreditei no seguinte: aquele negócio deu problema? Veja o que você errou e melhore no próximo.

Insucessos fazem parte do processo

Na vida de quem quer chegar ao topo, muitas coisas vão dar errado, sim. É natural. Porque você precisa ousar, arriscar, tentar, inovar, quebrar paradigmas. Só assim vai fazer a diferença e progredir.

Você sente medo de errar? Não é o único. Contudo, saiba que, numa medida normal, o medo é parente da precaução. Numa medida exagerada, ele se aproxima da covardia. Escolha a precaução. Eu entendo que o medo tem de ser usado como um freio ABS, e não como trava. Deve dar maior estabilidade ao seu planejamento e meios de atingir lucratividade e segurar sua vontade de fazer loucura. Eu sempre usei o medo para me estabilizar, não para me diminuir.

Aliás, todas as seis vezes em que quebrei só serviram de aprendizado. Dei um salto mais alto depois. Fui para o degrau seguinte. Há empreendedores fantásticos por aí que já confiaram nos executivos errados, já lançaram produtos inúteis, já foram ao risco extremo, já tentaram com outras empresas!

Na minha história, ser levado pela vaidade e errar de parceiro estratégico me custou 16 milhões de reais e uma concordata, conforme vou detalhar no final deste capítulo. No entanto, quebrar financeiramente não é o problema, porque você ganha de novo. Além disso, ainda tem o bônus de aprender com os erros, de aprimorar, crescer, estruturar-se à medida que corrige as falhas.

Um dos meus grandes aprendizados, por exemplo, tem a ver com estoque. Os itens não vendidos logo que chegam morrem aos poucos. Erroneamente, quando quebrei no início da JR Diesel, como contei no capítulo 4, procurei averiguar quais materiais meus dois irmãos haviam deixado em estoque e calcular quanto apuraria com a venda.

Na calculadora, o número parecia lindo, mas o caixa continuava vazio. Então, percebi meu equívoco: resto de estoque tem valor, mas não gira — se não atraiu clientes antes, está praticamente morto.

O que fazer, então? Aumentar o leque de produtos, pois mercadorias novas ajudam a movimentar o capital e reativar o interesse em estoque antigo. É preciso encher os olhos dos clientes para fazê-los entrar na loja e enxergar todo o resto.

Erros e enganos numa estratégia fazem parte do universo de quem empreende, assim como as lesões musculares fazem parte da vida de um craque do futebol. Mesmo os grandes empresários – aqueles que são endeusados pelo seu patrimônio – para acertar um alvo erram vários alvos antes. Eles têm altas derrocadas no currículo estrelado. Quem nunca?

Todo mundo acumula insucessos porque faz parte do processo. Eu sou pequeno e tenho muitos insucessos, e com um magnata não é diferente. O tamanho do tombo é de acordo com a árvore. E muitos já quebraram vários galhos.

Os jornais e revistas relevantes, programas de tevê e portais virtuais de notícias só divulgam aquilo que é interessante para o empresário. Poucas pessoas agora no topo revelam que viveram situações parecidas com a de investir uma "grana preta" num terreno, fazer o furo, mas não encontrar petróleo.

Por isso tiro o chapéu para o Silvio Santos, pois ele passou por maus bocados de cabeça erguida quando foi descoberto um rombo no banco de seu grupo, o PanAmericano, em 2010, provocado por má gestão de executivos. Silvio Santos é um empresário com grande credibilidade e carisma. Ele mostrou o problema e o resolveu, tanto que colocou no ar, nos intervalos de sua emissora de tevê, um comunicado enfatizando que "as pessoas e empresas que confiam no grupo Silvio Santos não terão prejuízo".

A maioria dos empresários não faz isso. Quase ninguém abre aos outros a realidade e os percalços por que passa, mas faz questão de divulgar que comprou determinada marca e que aumentou seu faturamento em X% porque vai lucrar depois na Bolsa de Valores. O Eike Batista não contava os insucessos, e, quando descobriram, já era tarde.

Reconheça que o problema é seu

Como já disse, você pode olhar para o estrume ou para o cavalo. Quem tem espírito empreendedor levanta a cabeça e pensa em quanta coisa boa poderá fazer para si e para mais alguém com esse meio de transporte.

Afinal, ele detém o poder e o dever de gerar novos empregos, produtos e serviços que atendam às necessidades do momento. De quebra, se esse cara tiver a habilidade da criatividade apurada, raciocina que o estrume servirá de adubo para alguma plantação. Ou seja, aproveitamento de 100%.

No meu negócio, assim que recebemos um caminhão sinistrado, antes de desmontá-lo para a reciclagem, retiramos os fluidos e os revendemos também. E no seu? Você aproveita ao máximo todo o potencial de seus recursos materiais e humanos? Eis um excelente desafio. E a resposta poderá surgir enquanto estiver pensando na solução para um problema de seu negócio.

A realidade é que estou sempre procurando desafios. Seja para que um negócio cresça, seja para unir ainda mais a minha família, para ajudar meus colaboradores e clientes. Esse é o meu combustível e deveria ser o de todo empreendedor. Meu filho Arthur diz que eu vou trabalhar procurando um novo problema para resolver e que vibro quando encontro um. Ele está certo e me copia.

Os líderes bem-sucedidos gostam de problemas, porque os enxergam como oportunidade. Eles sabem que, sem eles, viveríamos na monotonia da perfeição. Seríamos robôs, e o mundo ficaria horrível. Pense bem, você não quer isso, sou capaz de apostar.

Para lidar com um problema, a chave do sucesso é reconhecer que ele é seu, porque aí ele já se torna pequeno. Se é seu, você comanda. Não procure culpados para o problema, não o delegue a ninguém. Analise qual é o tamanho real dele. E a melhor pergunta de todas: Quando nasceu? Digamos que foi há um ano e você completou 40 anos no mês passado. Por que o assustaria, se viveu 39 anos sem ele?

Pare de alimentar, de namorar, de rodear o fato feio, para que não se torne um monstro. Pise em seu problema enquanto está menor do que você, como fez Silvio Santos, agindo rapidamente e preservando ao máximo seu patrimônio e sua imagem.

Quando falam que eu já tive muitos problemas, gosto de responder: "Não. Eu tive muitos aprendizados. Muitas chances de melhorar, muitas coisas ruins para deixar de copiar. O que vocês chamam de problema, eu chamo de oportunidade. Uso isso 24 horas por dia".

Que bom que temos problema. Se todos eles acabassem, não haveria motivo para estarmos aqui, interagindo por meio deste livro. Assumir cada problema como meu já me prepara psicologicamente para agir. E sabe onde procuro culpados? No espelho. Olho para mim mesmo e digo: "Ai, seu idiota".

Reconhecimento feito, o próximo passo é resolver o endividamento. Seu relacionamento com cada credor dependerá do moral que você conquistou antes. Chamo isso de credibilidade, que não tem nada a ver com crédito.

Comprometa-se com as pessoas

Está tudo bem se você perder o crédito, mas jamais perca sua credibilidade. São dois aspectos totalmente distintos. Qualquer profissional do planeta está sujeito a perder o primeiro, seja porque arrebentou o cartão com acúmulo de despesas, seja porque o fornecedor falhou na entrega, deixando suas finanças no vermelho.

Diante de uma situação de sufoco financeiro, digamos que tenha acertado com um de seus credores de saldar sua dívida de 1 milhão em dez prestações. Você, agora, precisa honrar o combinado. Isso é sagrado. Você pode ficar sem dinheiro várias vezes desde que não quebre sua palavra, sua honra, seu moral. As pessoas precisam respeitá-lo. E você também precisa se respeitar, acreditar que é capaz de cumprir aquilo que promete.

Com a credibilidade você tem crédito de novo. O inverso é muito mais complicado porque envolve relação de confiança: mesmo que encha o bolso de novo, geraria no outro aquela dúvida: "Será que vai pagar o que deve, em vez de gastar em outra coisa?".

Agir com ética, não ser inconsequente e não dar prejuízo diretamente a ninguém são cuidados que diferenciam um profissional com currículo sólido dos oportunistas, corruptos, caloteiros, de quem o mercado sério corre. Você é capaz de ajudar alguém enforcado, mas, se ele ainda tem a fama de mau pagador, de quem insiste em usar o jeitinho brasileiro, dificilmente seguirá em frente. Ser generoso não é ser bobo.

Quem é profissional se levanta de um desequilíbrio material momentâneo, mas raramente de um desequilíbrio moral. Eu quebrei seis vezes, mas em nenhuma delas quebrei também a minha credibilidade, que é a principal ferramenta do executivo. Minha credibilidade fez com que eu conseguisse me levantar e dar a volta por cima. A palavra, o comprometimento, o fio do bigode não têm preço.

E digo mais: quando as pessoas observam que nas quedas anteriores você foi correto e não abandonou suas responsabilidades com ninguém, você se torna um exemplo, influenciando aqueles ao seu redor a agir da mesma maneira. Cada vez mais o Brasil precisa de líderes que deem esse exemplo.

Tudo no mundo é controlado por pessoas, que decidem os números, as taxas, quanto e como vão cobrar os débitos. Por trás de qualquer pessoa jurídica tem uma pessoa física. Em outras palavras, você não conversa com o banco, e sim com uma pessoa que o representa.

Essa instituição dá o crédito, mas quem assina embaixo da sua credibilidade é o gerente, que decide parcelar, facilitar, desburocratizar, dar desconto. Ele autoriza o empréstimo porque acredita no seu projeto e sabe que não ficará numa saia justa com o superior dele.

Além disso, todas as pessoas também já foram crianças e cresceram aprendendo pelo exemplo. E, se você foi exemplo uma vez, mesmo que falhe e caia de novo, encontrará emissários como esse gerente para ajudá-lo, assim como alternativas a traçar.

Em outras palavras, o banqueiro é gente, o faxineiro também, assim como o cara que mora debaixo da ponte. Não faz diferença a função que desempenham ou com quem está o dinheiro. Se você tem credibilidade, age licitamente, negocia olhando nos olhos dos credores, consegue um bom acordo. Desde que o mundo é mundo funciona assim.

E, na hora do sufoco, o empreendedor não pode pensar "problema do banco". É problema seu!!! O banco deu crédito porque um gerente confiou na sua credibilidade. Você jamais poderá deixá-lo numa situação difícil em virtude de um problema que você criou. Isso me tiraria o sono.

O CATADOR DE SONHOS   85

Tenha patrimônio como garantia

Estamos falando que a credibilidade é o mais importante para um empreendedor, até mais que seu patrimônio material, pois é ela que o fará se reerguer. Quem não conhece alguém que mora num imóvel chique, mas não pode colocar os pés na rua com vergonha e medo de cruzar com credores?

Eu quebrei tanto, mas tanto, a ponto de não conseguir pagar a conta de luz, mas eu não era inconsequente. Desde o primeiro dinheiro que perdi, o das latinhas enterradas, as pessoas continuavam me dando apoio e voto de confiança, porque sabiam que eu seguramente ganharia de novo. E cumpriria o combinado, pois minhas quebras nunca foram desproporcionais ao meu patrimônio.

Importante: empreendedores precisam ousar, mas não podem ir para o risco sem nada de patrimônio na manga. O motivo é simples: não dispõem de garantia nenhuma para pôr na mesa de negociação. As pessoas precisam ter essa consciência.

Quebrar e não perder a credibilidade significa que você é responsável. Não arriscou o que não podia recuperar, não atravessou a linha da sua capacidade de pagamento. A matemática é fria. Trata-se de conta de mercado. A conta precisa fechar.

Por isso, meu conselho é de que você arrisque até o equivalente a todo o seu patrimônio. Ele servirá como garantia ao credor de que tem de onde tirar dinheiro, caso não consiga obter capital de giro suficiente durante o parcelamento de sua dívida. E, no último caso, se perder, não será o fim do mundo. Você sempre pode começar de novo. Não precisa se sentir humilhado, pois fez o certo.

Eu vendi carros, telefones, sítio e até a minha casa, e fui morar de aluguel, no início da JR Diesel, quando meus irmãos deixaram a empresa e as dívidas comigo. Aceitei menos do que cada coisa valia em função da pressa, sim. Nem titubeei.

Digamos que seu imóvel principal valha 1 milhão de reais. Você venderia por 600 mil, caso precisasse saldar uma dívida do seu negócio? Se eu fosse você, assinaria agora. O que está em jogo é maior. É a sua credibilidade. Essa postura sempre me manteve nos negócios, preservando minha moralidade e integridade. As pessoas acreditam piamente que vou cumprir minha palavra. Eu não vou decepcioná-las — até por uma questão de inteligência.

A credibilidade é o que me manteve de pé a vida inteira; não só nos negócios, mas em tudo. Meus filhos e a minha esposa acreditam em mim. Meu pai acreditava em mim e contava comigo. Eu cuidei dele dos os 11 anos até o ano de 2014, quando morreu com 106 anos e dez casamentos no currículo. Há outras pessoas que dependem de você, que seguem seu exemplo e se orgulham de suas atitudes. Então, seja responsável. E dê o melhor exemplo sempre.

Fortaleça a sua fé

Você abre o seu negócio bastante animado. Crê mais do que todos numa ideia, num produto, numa nova tecnologia, numa forma diferente de fazer algo. No entanto, por um motivo ou outro, quando fraqueja e para de ver as oportunidades é porque essa fé também fraquejou. Não desperdice sua força interior com nenhuma preocupação. Use-a a seu favor, ACREDITE.

Saia de casa de manhã alegre, feliz, assobiando e decidido a ganhar dinheiro. Como eu tenho uma fé inabalável e determinação, vou trabalhar confiante. Eu não conheço preguiça, encaro o trabalho como lazer. Gosto do que faço e me divirto, então não me canso. E eu acredito que é possível, e isso só reforça nos outros a minha credibilidade.

Minha filha costuma dizer que eu sou irritantemente feliz. E minha mulher costuma comentar que, quando eu quero, nada me tira do foco. Se por acaso houver uma pedra no caminho, ela servirá de degrau, porque vou crescer de novo fazendo outra coisa ou fazendo de modo diferente.

Quando meu pai morreu (estava doente havia um ano), eu, que sempre fui apaixonado por ele, estava trabalhando. Chorei, claro, mas pensei que já estava esperando por isso e que Deus havia me permitido conviver com ele por 106 anos. Eu não podia reclamar.

Apesar de qualquer coisa, futuros e atuais empreendedores precisam ter essa fé, que também chamo de energia positiva. Sempre bato nessa tecla. A sorte está aí para todos. Se a pessoa levantar cedo, sair com determinação, acreditar de corpo e alma no que está fazendo e mantiver o foco, a consequência será o sucesso.

Essa receita funciona para qualquer coisa na vida. Mesmo quando quase perdemos tudo, continuei trabalhando com afinco. Não existe aquele freio "isso não funcionou antes". Acredita e vai, que dará certo.

Só não adianta acreditar que vai criar uma cópia do Facebook e ter o mesmo sucesso que *Mark Zuckerberg, porque nem mesmo você acredita de verdade nisso.* Meça a sua possibilidade, acredite, trabalhe a fé (e também muitas horas por dia), que o seu sucesso vai se materializar.

Essa fé ganha mais força ainda se você acrescentar o lema de que é perfeitamente possível subir na vida cuidando das pessoas e levando várias delas com você. Para dar um exemplo, você verá no final deste capítulo que minha preocupação com os seis funcionários da JR Diesel foi decisiva para que eu não fechasse a empresa lá no início. Ainda bem! Quem ganhou mais fui eu.

Quando alguém fala que será um grande empreendedor, eu entendo o seguinte: o meu vizinho também pode, o meu faxineiro também pode. A diferença talvez esteja no fato de eu acreditar e o outro não. Eu não acho que sou um grande empreendedor, mas que acredito mais que a média das pessoas. Acredito e vou para cima.

Como eu não tenho nenhuma religião específica, acredito na energia daquelas que fazem bem às pessoas. Todas têm seu mérito, pois promovem o amor ao próximo, a esperança e a felicidade. Precisamos acreditar em alguma coisa, então cada um escolhe o seu símbolo. No final, a fé tem força igual. Se você acredita é o que vale.

Duas importantes quedas da JR Diesel

Antes e depois de ter minha empresa eu já me preocupava em manter meu nome limpo. Tanto que nunca troquei de CNPJ nem recorri ao nome de ninguém para comprar algo. Então, imagine minha preocupação naquela situação da JR Diesel, em que fiquei sem sócios, sem lucro, só com dívidas.

Pedi uma licença de sessenta dias ao meu chefe do Playcenter, a primeira em 16 anos, com o objetivo de limpar meu nome e depois fechar as portas da JR, que existia há apenas dois anos.

Felizmente, ainda havia algum estoque, que fiz girar somando com mercadorias novas, depois de aprender que somente peça antiga não vende. Também levantei capital rapidamente desfazendo-me de um sítio, três linhas de telefone (naquele tempo elas valiam dinheiro), um carro e a nossa casa, e fui morar de aluguel. Portanto, parte do dinheiro que arrecadava ia para o parcelamento das dívidas e parte ia para incrementar o estoque e gerar movimento.

A família dizia que eu "amassava barro", porque ficava tempo demais na oficina e trabalhava embaixo de chuva, em uma oficina na qual não existia piso. No entanto, nesse meio-tempo equilibrando o fluxo de caixa e saldando os débitos, também aprendi a lidar melhor com o negócio de reciclagem. Comecei a me envolver, peguei gosto.

E mais: senti na pele como era complexo fechar uma empresa em nosso país. Quanta burocracia! Além disso, me cortava o coração a ideia de colocar os seis funcionários na rua. Não era justo. Precisava manter o negócio aberto para eles (três parentes e três, não) terem emprego.

Então, eu passava de manhã para orientá-los e administrar tudo, depois seguia para o Playcenter. Voltava e ficava até 11 horas da noite. À certa altura o negócio começou a tomar forma, e eu comecei a chegar cada vez mais atrasado no meu emprego. Entretanto, mesmo que aparecesse próximo das 6 horas da tarde, meus patrões não me deixaram sair porque eu continuava a dar o resultado esperado. Tinha uma ótima equipe, e cuidava das pessoas, então na minha ausência elas cuidavam do negócio.

No entanto, chegou um ponto em que não deu mais para adiar uma decisão:

— Eu acredito no meu negócio, então vou sair – disse a um dos sócios, o doutor Marcelo.

— Mas quanto você ganha lá?

— A questão não é quanto ganho. É a primeira vez que eu tenho um negócio só meu. Foi um sonho. Não vou largar isso.

— Se não der certo, você pode voltar.

Isso para mim foi uma injeção de ânimo. Além de ser um ótimo mentor, naquele momento o doutor Marcelo me deu a segurança de saber que as portas estavam abertas e que eu tinha para onde voltar. Dias depois, ele chegou:

— Não volta mesmo?

O CATADOR DE SONHOS

89

— Não, não volto mesmo.

Passados sessenta dias, o doutor Marcelo me chamou de novo.

— Não volta mesmo?

— Não, não volto mesmo.

Ele pediu que eu aguardasse numa sala. Eu estava doido para ir embora, cheio de coisas para fazer, até que outro diretor apareceu dizendo:

— Eu não sei o que esses caras viram em você, mas esse envelope é seu.

Passei pela secretária de um dos diretores, que me deu parabéns, e deixei para abrir o tal envelope depois. Continha um "presentinho", na época dava para comprar um carro zero quilômetro médio com aquele valor. Aquilo me deu uma força! Continuamos nos relacionando e somos amigos até hoje.

Em 1987, aos 29 anos, eu me somei aos meus seis funcionários: também cortava os caminhões sinistrados, botava no maçarico... Existia mercado, mas era basicamente clandestino. Enquanto todo mundo me dizia que eu era louco de fazer isso, eu via uma oportunidade. Eu acreditava no negócio e queria fazer do jeito certo, para durar, crescer, empregar mais pessoas, colaborar com nosso país.

Inicialmente, criei a JR com o intuito maior de ajudar meus irmãos, mas eles não se sentiram em condições de tocar o empreendimento porque enxergavam problema em vez de oportunidade. E ali existiam muitas! Bastava acreditar e trabalhar. Como eu já batalhava muito no Playcenter, só transferi a receita. Utilizei as mesmas quatorze horas diárias, de segunda a domingo, para agarrar as oportunidades – e aí ficou muito fácil.

Não era mais uma empresa devedora. Era pequena, mas limpa. E eu já sabia como vender as peças, como desmanchar caminhões. Devagarinho comprava um veículo aqui, outro ali; geralmente em leilões oficiais de bancos e seguradoras, que é a maneira mais segura, legalmente falando.

Continuei acreditando e arrisquei novamente. Tínhamos cerca de 300 metros quadrados e decidi mudar para o endereço que temos hoje, inicialmente com 3 mil metros quadrados. Para comprar esse ponto comercial, vendi alguns bens que havia readquirido, como carros e apartamentos, e preparei a área, porque diziam que era um brejo. Valeu a pena!

O negócio prosperou tanto, que, em 2000, fui assediado por um grupo estrangeiro de montadoras. Tomado pela vaidade, deixei-me convencer a investir pesadamente num projeto conjunto de montar uma rede de concessionárias de caminhões.

Esses estrangeiros resolveram não renovar o contrato no Brasil após um ano e meio, e pararam de enviar novos veículos, deixando-me na mão com fornecedores, clientes e funcionários. Então, quebrei novamente, mas a conta, desta vez, era bem maior: eu devia 16 milhões de reais. Falhei na estratégia de tal forma, que não havia dinheiro nem para pagar a conta de luz.

Por que eles se foram seis meses antes de nosso projeto começar a dar lucro? Os Estados Unidos viviam uma fase muito incerta, por causa do atentado terrorista de 11 de setembro de 2001. Além disso, o Brasil havia acabado de passar pelo período de eleição, e um partido de esquerda havia ganhado, o que, na visão dos norte-americanos, poderia criar dificuldades para a iniciativa privada. Uma pena, pois na prática o presidente Lula não adotou esse receituário. Pelo contrário, manteve o modelo econômico do governo anterior.

Não tive chance de diálogo; apenas um e-mail comunicando "Amanhã, não estaremos mais com negócios no Brasil. Sentimos muito, nossos advogados ficam no endereço *tal*". E o que eu havia investido pondo de pé a JR Veículos? E como entregar os caminhões já vendidos?

Quando dei por mim, já tinha concessionárias em três lugares diferentes: Baixada Santista, Vale do Ribeira e Vale do Paraíba. No entanto, tudo parou, acabou o dinheiro, os bancos travaram o crédito e vários de meus bens como garantia. Pedi concordata.

Entre 2002 e 2006, trabalhei ainda mais para recuperar esse enorme dano. Para começar, fui humilde e assumi que errei, em vez de procurar culpados. Além disso, eu tinha um patrimônio considerável e alta credibilidade no mercado. Por honrar os pagamentos anteriores, conseguia explicar aos credores a minha situação naquele momento: o parceiro teve um problema e saiu do jogo; por consequência, eu quebrei.

Nas vezes anteriores em que caí, era fácil me recuperar. Bastava vender um imóvel ou um carro. Nesta, não podia vender tudo o que tinha, pois a metade havia ficado bloqueada na concordata. Aquilo de que podia dispor já tinha usado na tentativa de salvar o negócio. O impacto da derrocada da JR Veículos foi tão grande, que contaminou todo o grupo, que naquela época era de 270 pessoas.

Em entrevistas me perguntam muito como eu negociei com os fornecedores, qual foi minha abordagem para sensibilizá-los a me ajudar a dar a volta por cima e vou detalhar como recomecei no próximo capítulo.

Capítulo

Recomeçar
é hábito de quem
tem sucesso

Qual é o maior desafio na vida do empreendedor? Não é começar, é já estar no topo e ter de recomeçar tudo de novo. Para isso, é essencial acreditar que é possível. Não tem ninguém menor do que ninguém. Se o outro pode, você também pode.

O que aprendi quando quebrei foi que negociar para sair de um sufoco financeiro é o primeiro exercício fundamental. Se o diretor do banco ou outro investidor sentir firmeza em sua palavra, em sua credibilidade, vai apoiá-lo por ter a segurança de que aquilo que ele está financiando, de um jeito ou de outro, vai voltar.

Faça de suas falhas a alavanca do seu sucesso. Empreendedor, você pode levantar a cabeça e espantar a bruxa má da crise para bem longe. Pare de chorar, recomece, vá em busca do que é seu por direito. Quem age assim não tem tanta dificuldade quanto imagina de voltar – e por cima.

Todo líder enfrenta problemas. Em vez de fugir, resolva os seus vendo-os pelo lado positivo, do lado da mudança. Seja proativo e busque solução – por você e também por sua equipe, que está confiando na sua capacidade. Não os decepcione, você precisa ter responsabilidade e explorar as habilidades que existem ali.

Todas as vezes que caí, encarar a parte que seria ruim como aprendizado foi um ótimo começo. Parece óbvio, mas as pessoas frequentemente esquecem que é caindo que você consegue melhorar um pouquinho porque, ao vencer uma parada, você ganha confiança, conhecimento, fôlego, experiência.

Ter essa filosofia de vida me fez pagar os 16 milhões de reais que devia, sair da concordata e faturar, atualmente, acima de 50 milhões de reais por ano e retomou o crescimento médio de 30% ao ano, independentemente do tipo de crise ou do momento. Isso não quer dizer que eu não ande mais para trás, mas estou sempre pronto para me corrigir e recomeçar. Entretanto, já conheço a cara de tantos tombos, já visitei tantos "poços", que a probabilidade, agora, é de somar muito mais acertos.

Cada vez que você se livra de um problema e caminha, leva junto um conhecimento que vale ouro em barra: os sorrisos de sua turma e satisfação pessoal.

Na zona de conforto não se empreende

A primeira providência para recomeçar é não se deixar abalar e querer voltar à sua zona de conforto. Vários empreendedores, quando encontram pedras no caminho, logo sentem vontade de fechar as portas do negócio.

Muitos me perguntam com frequência: "Por que você optou por deixar seu cargo executivo no Playcenter para empreender? E num negócio que em pouco tempo já acumulava dívidas?".

De fato, eu era muito feliz no meu emprego. Entre o certo e conhecido e o incerto e novo, outros diriam que não tinha nem o que pensar... Além dos 76 salários mínimos no bolso, recebia benefícios indiretos, como carro da empresa e viagens em que podia levar a família. Contudo, ficar na zona de conforto torna-se um hábito perigoso em médio prazo.

Havia duas coisas que eu sempre busquei. A primeira é a sensação de segurança, que não existe se você é funcionário, ao contrário do que a maioria pensa. Ao trabalhar num empreendimento comandado por um terceiro, por mais que você seja benquisto e recompensado, a decisão final não é sua, e, sim, você é facilmente substituível, mesmo quando sente que não. Se ele der uma canetada errada, infelizmente sua vida entrará no pacote das consequências.

Fui empreender para ter mais segurança, por mais estranho que isso pareça a quem se sente protegido debaixo das asas de uma corporação. Já aqueles que acreditam plenamente em si mesmos pensam como eu. Depois de exercitarmos o espírito empreendedor nos lugares onde trabalhamos

O CATADOR DE SONHOS

ganhamos confiança a ponto de, finalmente, decidirmos que é chegada a hora de pegar a caneta das decisões.

Além disso, àquela altura eu já estava tranquilo por desfrutar do que chamo de segurança básica, ligada à minha origem. O que significa? Ter moradia, comida, saúde e ainda o luxo de andar numa condução própria. Na minha opinião, esse patamar já permite que qualquer pessoa seja feliz. Daí em diante, o que vier é lucro; e o medo do risco diminui.

Trocando em miúdos, dá para arriscar com mais segurança e acreditar num negócio próprio (se você cultiva esse sonho), quando o plano *standard* para sua família está conquistado. No meu caso, alcancei essa segurança básica aos 18 anos. Como minhas referências sempre foram simples, já vivia feliz com muito menos do que tenho hoje! Isso me dava segurança para recomeçar quantas vezes fossem necessárias.

A segunda coisa que sempre busquei foi fazer algo que me permitisse ajudar mais pessoas, ou seja, proporcionar essa sensação de segurança a tantos que precisam de um trabalho decente, de uma oportunidade para exercitar seus talentos e progredir. Eu me preocupava com beneficiar também meus parentes, visto que venho de uma família humilde e grande. Tudo isso só seria possível, numa escala significativa, se o poder da caneta fosse meu.

O tempo todo a gente inova

O empreendedor atento, em vez de olhar para a crise, acompanha as novidades do mercado, as necessidades dos clientes e ainda procura surpreendê-los ao máximo. Isso já estava claro em minha mente desde o início da JR Diesel, quando enxerguei que precisava repor o estoque colocando peças de qualidade. Quanto melhores, maior era o movimento.

Eu trazia produtos mais modernos com a intenção de mexer no estoque, vendendo a cada mês 100% das novidades e mais um pedacinho do que já existia. Observei que isso ocorria não apenas porque eram produtos recém-chegados, novidades, mas também porque eram mais modernos, atualizados. Eles representavam "o hoje, o momento".

Em outras palavras, percebi, na prática, o valor de sempre inovar na oferta. Cada remessa que chega precisa ser mais atual, mais moderna que a anterior. Para fortalecer o caixa e saldar as dívidas, o que funciona é trazer materiais mais atraentes, pois ajuda a mostrar aqueles que já estão menos atraentes (embora úteis).

Quero ressaltar que o modelo de negócio de desmanche e reciclagem automotiva no Brasil baseava-se em veículos velhos, principalmente caminhões Alfa Romeu já "aposentados" e ônibus que não prestavam mais para circular. Eu concluí, então, que deveria ser o contrário, e isso foi muito inovador.

Se todo empreendedor precisa oferecer algo melhor, deduzi que, ao trabalhar com caminhões e peças mais novos, teria movimento e clientela melhores. E isso já ocorria à medida que substituía pura e simplesmente para ativar meu estoque, minha ideia inicial.

Com base nisso, só foi necessário um pouco de ousadia para adotar uma estratégia diferenciada na minha empresa. Mesmo com todos achando um absurdo desmontar um caminhão Mercedes-Benz, a marca *top* na época, eu acreditava que desmanchar veículos de qualidade era uma forma de atingir empresas mais estruturadas, que poderiam dar sustentação ao negócio.

Mais uma vez eu estava certo. Um caminhão com dez anos de uso é considerado novo. Nossa média para desmontar um veículo desse porte são seis anos e o limite é de quinze anos. Então, passamos a comprar de frotas do mercado, no mesmo local em que outros adquiriam para revender, viajar, transportar carregamentos. Pois eu levava o mesmo modelo com o propósito de fazer dinheiro com as peças.

E aquilo chamou a atenção dos clientes, que diziam: "O caminhão está prontinho para ir para a estrada, e a JR vai desmontar? Mas como? As peças são novas e boas... Então é lá que eu vou comprar. Inclusive as peças dos meus caminhões mais velhos eu vou comprar lá, porque eles só desmancham caminhões bons".

Todo mundo achava que só deveriam ser desmanchados caminhões velhos, mas eu não. Eu olhava os bons e novos visualizando a alegria que daria aos meus clientes e funcionários, e o sucesso que fariam aquelas

O CATADOR DE SONHOS 97

peças no meu estoque. Comprei o primeiro Mercedes-Benz, desmontei e descobri a galinha dos ovos de ouro. Vendia tudo. Ganhei uma clientela diferenciada, e nosso negócio cresceu de forma multiplicadora.

A inovação também brota quando o empreendedor abre espaço para o colaborador se envolver com o progresso do negócio. Aproveite esse recurso interno para ouvir ótimas ideias. Nós temos a cultura de não só premiar financeiramente quem cria, como promovemos o reconhecimento abertamente. Quando os outros descobrem que foi um colega que trouxe uma melhoria, o efeito colateral é fantástico. O autor sente-se valorizado e ainda motiva o povo a copiá-lo.

Esse reconhecimento geralmente funciona melhor do que premiações materiais, embora um não invalide o outro. Um tapinha nas costas não enche barriga. Se alguém desenvolve uma máquina que vai facilitar a identificação de produtos, todos na empresa vão saber. E aí, por consequência, rapidinho algum dinheiro cairá no bolso dele. Se não for por uma questão de justiça, que seja por inteligência do líder dele.

Quebrar paradigmas é necessário

O modelo de negócio vigente no meu setor também passava a imagem de desorganização, sujeira, acúmulo de cacarecos. Até hoje muita gente imagina isso quando ouve a palavra "desmanche". Por que um desmanche automotivo tinha de ser assim? Em vez de pensar "não adianta querer ser diferente, o mercado sobrevive dessa forma", defendo que o empreendedor tem toda a liberdade de quebrar paradigmas quando (re)começa, no lugar de seguir a boiada.

Eu vim de uma empresa grande em que tudo precisava ser organizado para funcionar eficientemente e com segurança. E, na minha casa, também se zelava muito por limpeza. Então, sempre quis ver o meu negócio limpo. Para isso, precisava estar organizado.

Sem arrumar o espaço, você não vai conseguir limpá-lo, por exemplo. Cada item precisa ser alocado em seu devido lugar. Eu também desejava um ambiente agradável e acolhedor. Um aspecto puxa o outro, e são cuidados que se aprende na escola. É só pôr em prática.

Para atender a tais condições de higiene e arrumação, é preciso ter piso, paredes em ordem, mesa, prateleiras, armários. Meu negócio foi se transformando em algo diferente da média e exigiu ter um computador – mesmo que eu pessoalmente não o operasse, alguém o faria por mim. E, assim, fomos inovando ainda mais no nosso segmento.

A disciplina e o respeito ao local de trabalho começam com a limpeza e combinam com organização. Se meu colaborador entende que, quando cai uma manchinha de óleo no chão, ele precisa limpar, vai cuidar bem de outros aspectos do negócio. E a chance de haver uma peça jogada fora é zero, pois, para manter o local limpo, ele precisa guardá-la. Esse trabalho de formiguinha cria referências básicas de sucesso.

Na JR Diesel, temos uma equipe de limpeza, mas não ficamos na dependência dela. Orientamos nossa equipe assim: a empresa é a nossa casa, moramos nela a maior parte do dia e da vida. Vamos dormir fora, mas o local onde a gente vive, na realidade, é o trabalho. Então, ele precisa ser agradável, higiênico, harmônico. Como é possível morar em um lugar sujo, bagunçado? Todos queremos viver bem, em um lugar saudável.

Como sempre orientei nossos colaboradores a trabalhar como se o negócio fosse deles, e não meu, a casa é de todos, não só minha. Assim, quebro outro paradigma, que é o da figura do dono "encastelado", patrão mandão. Eu vivo ali como meus colaboradores e, por todo lugar onde caminho, se encontro sujeira, pego a vassoura e limpo.

Tal atitude, na pior das hipóteses, cria um constrangimento aos novatos: se o chefe limpa, por que eles não criam o mesmo bom hábito? Assim, eles percebem que não é humilhação prezar pela organização do espaço de trabalho. O mercado corporativo chama isso de liderança pelo exemplo.

Informe-se para influenciar as leis

Leis são importantes para regulamentar cada setor, mas algumas, mesmo quando bem-intencionadas, podem ser como bombas que derrubam seu negócio. E o interesse em olhar para isso é todo seu. Não adianta reclamar ou ignorar, tem de participar. Vou compartilhar o exemplo de nossa empresa para exemplificar melhor.

Não fomos nós que criamos, mas sofreríamos os reflexos diretos de um projeto inicial da Lei dos Desmanches paulista (PL380) que planejava impedir nossa atividade central. As autoridades pretendiam proibir o comércio de reúso de peças, olhando só para a contenção da criminalidade. O índice estava aumentando, e eles consideravam que o "robalto" (feira ilegal na qual são vendidos artigos roubados e/ou contrabandeados como autopeças) era o responsável.

Então, as autoridades estavam analisando a questão só pelo ângulo dos empreendedores que agiam errado. E aqueles que agiam certo, como eu? Além de nós, sem os desmanches, as seguradoras teriam perda forte de receita. A lei também não dava um destino ambientalmente correto às carcaças e peças. Em suma, o que faltava às autoridades era informação. E isso nós tínhamos. Vou explicar melhor.

Para crescermos, meu filho Arthur rodou o mundo em busca de *benchmarks* (ou referências) para o setor. Ele foi pesquisar o que outros países estavam fazendo para que, assim, pudéssemos copiar o que houvesse de bom. Ele bateu de porta em porta para compreender como funcionavam a legislação e os mercados regularizados nos Estados Unidos, na Inglaterra, na França, na Alemanha, na Turquia...

Com isso, constatamos quanto o segmento lá fora era gigante comparado ao nosso! O negócio de desmanche ao redor do mundo envolvia multinacionais com ações na Bolsa de Valores e empresas que haviam se tornado bilionárias. Esse cenário nos animou demais a buscar formas de expansão dentro do Brasil.

Nessa investigação global, Arthur visitou dois países que haviam tentado aplicar esse tipo de lei proibindo o desmanche por causa da criminalidade. Esses dois países tiveram índices hipernegativos por uma razão óbvia: quando você tira a opção de fazer o correto, acaba fortalecendo o errado. Sem poder comprar a peça de um desmanche legal, o consumidor não vê alternativa a não ser adquiri-la de forma ilegal. E ninguém ganha com isso.

Como tínhamos informação, experiência no ramo e credibilidade para poder acessar essas autoridades, procuramos informá-los sobre o erro que seria proibir o reúso de peças. Meu filho estava muito bem preparado, documentado, tinha alguns exemplos à mão – tanto da vivência nos outros países quanto do que nós já fazíamos aqui no Brasil de forma correta. E uma daquelas autoridades resolveu ouvi-lo.

Logo depois, uma comissão quis conhecer nossa empresa, e mudou de ideia, abrindo espaço para dialogar. Contribuímos com várias sugestões para que eles não tirassem a oportunidade de ninguém que escolhesse empreender pelo caminho correto. Nós influenciamos alterações na PL380, que resultaram na Lei do Desmanche Paulista sancionada em 2 de janeiro de 2014. Para nós, não houve mudança; enquanto muitos outros tiveram de se adequar à nova lei.

Por isso, eu o aconselho: mantenha-se bem informado sobre seu setor e reaja o mais rápido possível no calor das discussões relacionadas ao seu negócio. Se fechar os olhos... já foi. Para combater "achismos", mostre dados, informações e exemplos sobre o melhor caminho. Procure autoridades, frequente associações, converse com influenciadores, divulgue suas boas práticas. Em português claro: não se isole no seu quadrado.

A medida entre achar que é "o cara" e "o coitado"

Depois de influenciarmos uma lei, poderíamos ter ficado deslumbrados com o sucesso, mas não, continuamos trabalhando com a devida seriedade.

Quando alguém acha que sabe tudo, que é o número um, que atingiu o estágio pleno e completo, estará cometendo uma falha mortal. Das duas, uma: ou deve se suicidar (porque não tem mais o que fazer da vida) ou terá uma tremenda decepção ao perder a cadeira para alguém mais competente. Além disso, os outros não investirão mais nele, incomodados com seu ar de superioridade.

É um perigo deixar de acreditar nas pessoas por se achar superior a elas. Você começa a subestimá-las, sem imaginar que elas se tornarão seus maiores concorrentes. A experiência e a idade me ensinaram que, quando alguém começa a se sentir Deus, autossuficiente, tende a ir para trás.

E é muito fácil chegar a esse ponto quando se está com a conta bancária gorda. Daí, corre o risco de desviar o foco para a vaidade ou a arrogância, e perder o que conquistou.

Vivi isso na pele. Minha atividade de reciclagem ia maravilhosamente bem, até que a vaidade me levou a aceitar a proposta de uns norte-americanos que me deixaram na mão, episódio que já citei em outro capítulo. Seduzido pela ideia de ter uma rede de concessionárias, eu estava me achando "o cara" e fiquei cego para calcular bem os riscos de tal parceria.

Um exemplo de arrogância é você saber que está devendo e não atender seus credores. Isso já é idiotice. Ao tratá-los bem, já está com 50% da dívida negociada, uma vez que eles tendem a "pegar leve" e ainda torcem para que você consiga se reerguer. Se fizer melhor e tomar a iniciativa de procurá-los, eles nem mesmo irão atrás de você, pois vão concluir que você tem responsabilidade, boa índole e vai honrar com sua palavra.

O extremo oposto também exige cautela. Quando você está por baixo não precisa bancar a vítima de nada. A culpa é sua. Então, assuma seus atos, e não cace culpados. Com a mesma humildade de sempre, procure as pessoas envolvidas e converse com seriedade. Elas vão recebê-lo, e você vai conseguir recomeçar.

Ninguém valoriza quem aparece rastejando ou de salto alto. Você tem de chegar na mesma altura que seu interlocutor e deve ser verdadeiro, autêntico. Você não cometeu nenhum crime, apenas um erro em sua estratégia de negócio, e isso pode acontecer com qualquer ser humano — se for empreendedor, mais ainda.

É comum que meia dúzia de pessoas não o compreendam, mas é seu desafio buscar uma saída, explicar várias vezes, propor alternativas, negociar. O essencial é que jamais, quando estiver por baixo ou por cima nos negócios, perca sua referência de humildade. Entenda que, seja lá o que estiver fazendo na vida, você pode cair e se levantar.

Você não é "o coitado". Não é um cidadão que está morrendo de fome. Estamos falando de negócio. Você vacilou e perdeu dinheiro. Só isso. No entanto, ainda tem o que comer, onde morar, a convivência da família. Quando você ainda não tinha sucesso, foi à luta, certo? Agora que chegou até aqui, já aprendeu como fazer.

Foque em reagir o mais rápido possível

É estratégico ter rapidez nessa questão de leis e diante de qualquer situação vulnerável. Se você arriscou em algo que não deu certo, se acredita no seu negócio, comece logo a tampar o buraco aberto nas contas para voltar a crescer. Quanto antes agir, menor será seu desgaste emocional e o dos outros ao seu redor, desde a família e os funcionários até os clientes fiéis.

Se você resolve rápido, seu problema fica pequeno e não vai engolir seu futuro. Você reage quando cria consciência de que o comando é seu. O tempo que perderia procurando culpados deve ser mais bem aproveitado. O fato de assumir sua responsabilidade sobre o fato já lhe dá uma luz sobre o que fazer.

No meu caso, vendi vários bens para estabilizar as finanças da empresa. Ninguém deve perder tempo com lamento. Se você não está incapacitado física e mentalmente para agir, não será desculpado por ninguém. Não é conto de fadas.

Rapidez é atitude, é desviar do problema e olhar para a solução. Você ganha tudo de novo! É só voltar para a referência da bicicleta. A vida inteira será capaz de pedalar depois de tê-lo feito pela primeira vez.

É negativo? Não, é positivo!

Começar de novo nos negócios é igual a andar de bicicleta. Por que acha que não consegue? Tudo é positivo, inclusive as crises que enfrentamos. Temos de nos lembrar de quando éramos crianças. Até construirmos nosso equilíbrio, caíamos das coisas (do balanço, da cadeira, da bicicleta), mas no dia seguinte estávamos lá de novo e de novo.

Depois que você deu as primeiras voltas na bicicleta, pediu a um adulto que tirasse as rodinhas. Acelerou e se arrebentou. Estou certo? Acontece com todo mundo. É comum, pois o aprendizado acontece por meio de tentativa e erro. Você montou na bicicleta e pedalou de novo. Não desistiu só porque caiu uma vez. Então, percebeu que foi pegando o jeito e gostou.

O CATADOR DE SONHOS

Se futuramente cair da bicicleta, mesmo depois de ter aprendido, por que acha que não vai andar de novo? É claro que consegue. Recomeçar nos negócios e na vida é igual a andar de bicicleta. Quem andou uma vez, não desaprende mais. Já estará em seu íntimo.

Meu amigo Marcelo Cherto, um dos maiores consultores de empresas de nosso mercado e o pai no Brasil do sistema de *franchising*, avaliou na época que me "arrebentei" naquela parceria com os norte-americanos em virtude de uma combinação infeliz de fatores. Segundo ele, eu me arrisquei num negócio parecido, mas que na realidade se mostrou completamente diverso. Ele também achou que o momento da economia não favorecia para um projeto grandioso de importação e comercialização de caminhões novos.

No entanto, o que mais impressionou Marcelo, profissional que admiro tanto, foi minha visão positiva da situação. Como crise, a meu ver, significa oportunidade, sempre digo que aquele *bye, bye Brazil* dos parceiros me fez controlar ainda melhor a vaidade, como já comentei.

Além disso, me deu a oportunidade de aprender grandes lições que me foram úteis para avançar como empreendedor e, principalmente, na formação de meus filhos, que tiveram um choque de realidade na época e não se tornaram jovens riquinhos mimados. Isso não tem preço.

Aproveite quando o dinheiro muda de mãos

Como expliquei no início deste livro, não acredito em crise como falta de dinheiro, a menos que alguns botassem fogo nele − e ninguém, em sã consciência, faz isso. As pessoas lamentam a crise do país, porém ela não é mais que uma mudança de movimentação financeira.

Ora, se o dinheiro só mudou de lugar, se ele está entre nós, temos a oportunidade de achá-lo. Vá encontrá-lo! Pelo menos uma parte irá para você. Está esperando que caia do céu? Não cai. Ele só circula. Quem for mais competente, proativo e rápido levanta para pegar.

A propósito, esses milionários novos estão com um pedaço da renda daqueles que não acreditaram, que vacilaram. Para dar um exemplo, ninguém para de andar de táxi. E os criadores do aplicativo para agilizar a vida de quem utiliza esse transporte vêm obtendo sucesso.

Quando algo muda de lugar, torna-se vulnerável. É como um lagarto escondido num buraco: na hora que sai para tomar sol, ele está vulnerável. Para empreender com mais êxito, pense que o dinheiro está tomando sol; e que a crise existe quando ele sai do cofre para circular. É a chance que você tem de acessá-lo. É a chance de abrir a cabeça e enxergar que o jogo não acabou; só mudou.

Uma dica: preste atenção em como, onde e por quais motivos as pessoas estão gastando. Em vez de olhar para baixo, cabisbaixo, repare nas oportunidades. Fazendo uma analogia, você tem de vender chinelos em regiões onde o povo está andando descalço. Alguém pode retrucar:

— Ah, mas ninguém usa.

Eu digo:

— Não usa porque não tem. É lá que eu vou vender chinelos.

Quando você cultiva o espírito empreendedor, depois do primeiro negócio, não faz diferença o produto ou serviço que vai vender. Eu ganhei dinheiro com sucata, time de futebol, pipoca, diversão infantil, roupas e carretos antes de me posicionar no mercado de desmanche de caminhões. E tenho a segurança de que posso empreender em qualquer ramo no qual enxergar oportunidade.

Bicicleta é bicicleta. Montou em uma e saiu andando sem rodinhas, poderá montar em outras pelo resto da vida. Elas mudam o modelo, mas todas ainda terão guidão, duas rodas e pedais, aguardando alguém disposto a pedalar.

O produto ou serviço muda, mas não o conceito do que é empreender e liderar um negócio. Digamos que você passe do ramo de cosméticos para o de sucos. Estude o tipo de público e o tamanho do investimento, os concorrentes, suas habilidades para chegar aos clientes e atendê-los bem...

Se o dinheiro muda de lugar, você também muda de foco e vai buscá-lo onde ele está agora. Não existe crise e nenhum outro impedimento na cabeça de quem está determinado a vencer.

Milhões para devolver, concordata, recomeço

Como comentei ao longo deste capítulo, decidi montar a JR Veículos sem imaginar que parceiros de uma montadora tão conceituada, como a International, começariam a falhar com as entregas e o pós-venda e iriam embora do país em menos de dois anos. No entanto, foi isso o que aconteceu. Tive de assumir uma dívida de 16 milhões de reais e ver meus 8 milhões investidos se transformarem em pó. O rombo foi empurrado para as contas da JR Diesel, que entrou em concordata.

Vários familiares colocaram à minha disposição o próprio patrimônio para me ajudar. Uma irmã trouxe a escritura da casa dela. Um sobrinho deu a chave da empresa dele; outro ofereceu o carro. Eles falavam que, se tudo aquilo pudesse ajudar, era só eu pegar. Não aceitei, porque não tive coragem e também porque não adiantava, o montante era alto demais. Eu só os acalmava.

Meu pai vendeu suas vacas por 50 mil reais e queria me dar o cheque. Eu disse:

— Calma, papai, calma.

— Mas você está apertado. Pega.

Voltei no dia seguinte e menti que havia conseguido resolver aquele problema. A luz da JR Diesel prestes a ser cortada, e eu mentindo que estava tudo resolvido. Por quê? Para o meu pai não morrer do coração. Prejudicar a saúde dele me custaria muito mais caro do que aquela dívida.

Eu tinha bastante patrimônio, então a juíza definiu rápido o prazo: quatro anos. Vendê-lo todo talvez não pagasse a dívida, mas ele serviu como garantia, dando o tempo de que eu precisava para produzir, recuperar o caixa e pagar a dívida. Eu me desfiz de uma parte dos bens, trabalhando e negociando, até me recuperar.

Em virtude de minha credibilidade, recebia os caminhões dos leilões e só pagava depois, invertendo a ordem natural das coisas. Depois de levantar dinheiro com as peças, pagava primeiro os leiloeiros, pois eles haviam confiado em mim. Jamais poderia desviar dinheiro nesse esquema, ou então teria de devolver os caminhões. A transportadora Júlio Simões, por exemplo, me vendia fiado os veículos batidos para eu desmontar e revender o que podia.

Todas as negociações para pedir empréstimos, acertar o parcelamento e a quitação gradual da concordata eram feitas por mim pessoalmente. Eu não mandava recado, assumi tudo diretamente, pois a responsabilidade era minha. No olho no olho, os fornecedores percebiam minha seriedade. Não importava quão importante fosse o diretor do estabelecimento, eu o via como um cidadão.

Diretores do banco parceiro do negócio vieram ao meu encontro e perguntaram:

— Negão, o que você fez? Mandou dinheiro para fora?

— Não. Fiz besteira mesmo. Acreditei nesse negócio das concessionárias, contando com a importação dos caminhões, errei estrategicamente e quebrei.

— E o que você pretende fazer?

— Eu vou ganhar dinheiro de novo. Vou trabalhar e vou pagar. Só preciso de tempo.

— Em quanto tempo você acha que consegue "respirar"?

— Ganhar de novo, voltar para o meu lugar, em cinco anos. Já "respirar", começar a pagar, em dois.

— Então, daqui a dois anos o banco volta a procurá-lo para receber – disse o diretor do estabelecimento que era meu principal credor, depois de bater de leve na minha mão.

Meus fornecedores mais amigos também me perguntaram o que havia acontecido e afirmei que pagaria a todos. Comecei pelos menores, porque eles precisavam do dinheiro para sobreviver. Também priorizei quem trabalhava comigo. Entrava o dinheiro do pão, e ia primeiro para meus colaboradores.

Tínhamos 270 funcionários, reduzimos para 38, e usamos o critério de pagar no primeiro dia útil de cada mês aqueles que ganhavam menos. Os outros recebiam até, no máximo, o quinto dia útil. Atrasar? Nem pensar. Porque a melhor maneira de motivar quem trabalha é remunerando de forma decente e pontual.

Nem a luz eu pagava antes de honrar os salários. Eram eles que produziriam para eu conseguir pagar o telefone (precisava me comunicar) e depois a luz. Somente aí eu fazia a compra de mantimentos da minha casa, mas antes abastecia a do meu pai e a da minha sogra.

Às vezes, minha esposa não conseguia pegar no sono, temendo que não conseguíssemos pagar os bancos, mas eu me sentia calmo, porque nessas horas difíceis pensava nas minhas referências: um teto, um meio de transporte e comida na mesa para minha família.

E eu dormia, sabe por quê? Porque devia dinheiro, mas a consciência era leve. Não havia tirado nada de ninguém. Havia perdido o equilíbrio ao escolher parceiros errados. Se eles tivessem ficado, nossa operação seria muito bem-sucedida, porque o governo Lula foi o melhor para esse tipo de negócio. Eles falharam na estratégia deles também, mas eu era o garantidor do projeto, porque estou no Brasil. A solução era recomeçar.

O CATADOR DE SONHOS · 107

Além de não me abalar, não permitia que ninguém viesse até a JR colocar o dedo em riste, dizendo que eu estava devendo. Respondia: "Não estou dizendo que vou pagar a você? Se confiar em mim, vai dar tudo certo. Se não, vou colocá-lo no fim da fila. E será o último a receber".

Eu tinha credibilidade com o padeiro, o leiloeiro, o diretor do banco, o dono do posto de gasolina – e até com os funcionários da companhia de energia que, um dia, chegaram para cortar a luz. Quando me viram na JR Diesel, mudaram de ideia. Um deles me deu um cartão e me orientou a falar com uma funcionária que parcelaria meu débito em dez vezes. Eu disse: "Puxa, obrigado".

Fiz tudo conforme a orientação e entreguei o comprovante a ele, quando voltou no dia seguinte. Quis dar uma gratificação em dinheiro, mas ele se ofendeu.

"Perdemos o emprego, mas jamais cortaríamos a sua luz. O senhor não se lembra, mas quando a AES comprou a Eletropaulo ficamos meses sem receber. E o senhor deu cesta básica e de Natal para todos nós."

Não é interessante? Eu fiquei emocionado. Exemplo prático de que, quando você faz o bem, o universo lhe devolve e o reanima. É sempre assim.

Capítulo

Faça o *upgrade,*
   queira ganhar 1 dólar
a mais por dia

Eu tenho uma meta que sempre me acompanha: sair para trabalhar e ganhar 1 dólar a mais por dia. Não repare se não falo em real, é que sempre gostei de projetar meu lucro em "dinheiro verde" e, especialmente, na cédula mais conhecida e manuseada do planeta. Ela já passou por bilhões, talvez trilhões de mãos desde que foi lançada em sua atual versão, próximo de quando nasci.

Há símbolos fortes nela, como a pirâmide em construção, a águia e a frase em latim "uma nova ordem começa". Na parte de cima do selo, por exemplo, a balança nos lembra da necessidade de um orçamento equilibrado. Pois bem, que haja mais equilíbrio e realismo também no Brasil na hora de traçar objetivos financeiros.

Meta é buscar o resultado material, não vamos ser românticos. Todas as empresas precisam disso. Define-se um valor para cada profissional buscar e, assim, não se acomodar. No entanto, tenho muito cuidado nessa hora para definir desafios atingíveis.

Escolho números para perseguir que sejam viáveis e lógicos, e nos quais meu povo e principalmente eu acreditemos de fato. Além disso, defendo que conseguir algo acima do que fizemos ontem é fácil e garantido. Então, vamos nessa.

Sua meta é melhorar

Digamos que você tenha 50 mil dólares em patrimônio. Amanhã vai sair de casa querendo manter os 50 mil dólares e acrescentar 1 dólar.

E esse "+1" vale muito. Ele tem de ser especial, porque representa um ganho, uma vitória.

Todos os dias de manhã, esqueça o rompante de dobrar, quadruplicar o que tinha antes. É vida real. Objetivo simples e alcançável de ganhar mais um. Se ontem o seu negócio faturou 10 dólares, você vai batalhar com os colaboradores para hoje ser 10 dólares mais alguma coisa, pois a meta é melhorar.

Ora, se eu saio de casa pensando em ganhar 1 dólar a mais, como quero que a minha equipe traga 20% acima do faturamento? O colaborador vai se matar de trabalhar, não conseguirá nem dormir direito, e terminará o mês com o resultado de 15%, mas se sentindo um derrotado. Baixa a autoestima, porque ele entende que foi ineficiente; sente-se incapaz e passa a produzir menos, correndo o risco de perder o emprego. Que idiotice! Por que fazer isso com seu colaborador? Essa atitude mina a estrutura psicológica dele. Não é necessário.

Digamos que seu negócio tenha faturado em janeiro do ano passado — não importando qual era o governo nem o câmbio — 100 dólares. Então, analise mais ou menos quanto cresceu até dezembro e coloque a meta de janeiro deste ano, por exemplo, 111, 115 dólares. E não 150 dólares. Podemos melhorar diariamente, sem esperar milagres.

Como a maioria das funções pode ser comissionada ou bonificada, cabe ao empreendedor despertar em cada colaborador a vontade de ganhar e a ambição. Preparar situações para que ele acredite que consegue se dar bem.

Não importa quanto produz, se ganhou 10 dólares no mês passado, para o mês atual, acorde uma meta de 10 + 1 dólar. Alcançou 10,25 dólares? Sorte sua e dele. Vocês não sofreram, porque já começaram o mês entendendo que esse 0,25 já é crescimento real.

Na diretoria, também traçamos metas atingíveis. Meu filho Arthur se aproximou da Endeavor Brasil, organização não governamental líder no apoio a empreendedores de alto impacto ao redor do mundo, a fim de buscar apoio, networking, conhecimento, mentoria. No ano passado, a empresa cresceu 27% e, mesmo assim, ainda não conseguimos ser selecionados

O CATADOR DE SONHOS

para os programas oferecidos pela ONG porque precisaríamos ter superado os 30%.

Então, determinamos para 2015 que nosso crescimento seria 30% + 1%. Ou seja, "Endeavor + 1". E acreditamos ser possível bater essa meta sem estressar a equipe. Não são os funcionários que administram a empresa. Não adianta simplesmente transferir o pacote fechado de seus problemas e necessidades a eles.

A meta tem de estar de acordo com a capacidade de cada um. Com base na produção do mês anterior, na performance individual, elaboramos um número que o funcionário acredita que pode atingir. Geralmente ele ultrapassa. E, junto com essa força coletiva, conseguimos os nossos 31% esperados.

Como curto carros, gosto da ideia de imaginar algum melhor do que aquele que tenho. E estimulo esse desejo em quem está ao meu redor. No entanto, alerto que não adianta sonhar com um carro da Williams ou da *McLaren, só porque somos fãs de Fórmula 1.* Os donos nem vendem! Fazer metas atingíveis, projetar vitórias que um trabalhador de carne e osso possa alcançar... Um dólar no dia seguinte sempre será possível, concorda? Não se maltrate, nem seus aliados: dos funcionários da base da pirâmide aos seus diretores.

Eu mesmo dou as palestras de motivação na empresa, em que digo:

Cara, você tem um carro ano 2010. Programe para trocá-lo por outro com ar e direção hidráulica ano 2012 ou 2013. Não queira pensar numa Ferrari. Não é real. Não dá ainda. Antes do carro automático, você precisa sair dos dois cômodos e ir para três. Trace metas atingíveis. Não "viaje na maionese". Faça aquilo que, dentro de você, garante que vai conseguir. E terá energia para produzir bem o mês todo. Chegará ao final se sentindo vitorioso, recarregando as baterias para os próximos trinta dias. Tenho certeza disso, acredite também.

E, assim, o líder regula suas metas de novo e de novo. E, no final do ano, já terá ultrapassado todas, sem nem se lembrar da política, da crise, da economia oscilante... O que interessa é o seguinte: se no ano anterior você fez bonito, no ano atual vai se orgulhar ainda mais. Em 2015, tivemos na JR Diesel o melhor mês de março de nossa história, enquanto muitos empreendedores recuaram, demitiram, desistiram, por se deixarem abater com as notícias de crise, de corrupção.

Todo dia, durma melhor do que quando acordou. Simples assim.

Pense no seu sucesso como uma escada

Tudo o que fizer em termos de empreendedorismo, de bom e de ruim, considere como uma escada. Meu conselho é não pular nenhum degrau — tanto na vida profissional quanto na pessoal. Ele faz parte da escada, não está ali à toa. Pise firme, conheça cada pedaço do trajeto, cresça; suba com segurança, com base.

A maioria das pessoas tem um objetivo na vida. O empreendedor, então, PRECISA ter. Portanto, vamos imaginar o seguinte: ao planejar um negócio, ele simula uma escada de crescimento, compõe os degraus necessários e se imagina lá no topo. Sabe que não deve esperar que surja uma rampa, muito menos um elevador. Se ele busca obter sucesso sustentável, e não do tipo efêmero, e ainda vencer a concorrência, tem de começar a subir logo.

No entanto, em seu íntimo, ele está ansioso para chegar lá. Então, tenta a todo custo pular dois, três degraus de uma vez, porque viu outros fazendo o mesmo ou talvez alguém esteja enchendo a sua cabeça para isso. Ou talvez seja um "fominha" mesmo. Repense essa postura!

Se fizer isso, sua primeira desvantagem em relação a outro empreendedor que não saltou será esta: você vai chegar mais cansado e ofegante. A segunda: pode se machucar no segundo pulo. Os degraus foram feitos para as pessoas subirem um de cada vez. Se você sabota alguns, seu risco de pisar em falso, cair e rolar lá para baixo é enorme.

Em terceiro lugar, mesmo que você consiga passar por tudo isso e alcançar o topo, terá perdido algo que não tem preço. Você não conhece bem o caminho, não possui uma noção completa de como chegou lá. Não se lembra dos degraus que pulou. Sinto muito, talvez tenha de retornar e recomeçar a empreitada.

Cada degrau é uma referência, um aprendizado. Se não passou por todos, não se preocupe: você vai voltar. E não pense em parar na metade, pois no topo tem tudo e um pouco além do que imaginou!

É por isso que muitos bancos temem fazer empréstimos a quem nunca quebrou. Temos exemplos de empresários que ficaram milionários em nosso país pulando degraus, depois desabaram e tiveram de voltar para o início da escada, sem conhecê-la direito. Muita articulação, mas poucas referências e aprendizados; ou falta boa índole mesmo.

Simbolizando os degraus, posso destacar aquele empreendedor que quer "pular" uma necessidade de documentação, argumentando que o país tem burocracia demais... Ou outro que "salta" por cima das pessoas para ter resultado a qualquer custo.

Pensando em quem tem loja de roupas, por exemplo, para pular um degrau pode pensar em criar uma campanha especial para o Natal, sem estar preparado para o aumento da demanda. Se conhecesse bem o próprio negócio, não cairia nessa esparrela. Saberia que faz parte da escada ter estoque suficiente. Anunciar sem poder entregar ameaça sua credibilidade. Vai ter de voltar.

Além disso, agradeça cada degrau mais difícil de subir de sua escada. Tem gente que pensa: "Puxa, agora que deixei meu escritório tão bem-arrumado, o proprietário do imóvel o quer de volta!". Você já pensou que esse é um degrau para algo melhor, e que você tem de passar por ele? Assim, saberá o que fazer numa próxima vez. Talvez seja o impulso para ir para uma sala mais bem localizada ou com o aluguel mais baixo... E se tiver de mudar de novo de endereço, será outro degrau.

Você precisa passar por todos os degraus de sua vida pensando positivamente, acreditando que ele vai contribuir para você subir mais alto. E todo aprendizado de sua vida pessoal e familiar poderá ser útil para avançar na vida profissional também. Afinal, os dois lados da balança coabitam em sua mente e em seu coração buscando o melhor equilíbrio possível.

A propósito, você tem equilíbrio familiar? Se respondeu que sim, ganhou sua primeira chance de alcançar bons resultados nos negócios e de faturar 1 dólar a mais por dia. Porque a gente vive de bons exemplos (sendo e nos espelhando em quem tem) e referências (de humildade e valores). Quem não achou ainda esses dois tesouros, provavelmente pulou algum degrau lá atrás em sua trajetória. Vai precisar começar de novo.

Confie em alguém e financie o crescimento conjunto

Na hora em que decide empreender, precisa entender que terá uma fila de gente que se ligará aos seus movimentos. Então, deve ser o melhor exemplo possível.

É comum o profissional alegar que vai sair do emprego para ser dono do próprio nariz. Ele não é dono de nada. É o comandante, o financiador de sonhos coletivos, tem a caneta das decisões finais, mas não concretiza as metas sozinho.

Gosto muito de fazer esta conta: se somar os rendimentos de meus funcionários, vou ver que eles ganham muito mais do que eu. A empresa é deles, eles são maioria. E é bom que todos pensemos dessa forma, assim trabalhamos sem aquela antiga crença de que um manda e os outros, se tiverem juízo, obedecem.

O empreendedor é quem mais precisa ter juízo para não se achar a última bolacha do pacote (jeito popular de designar os narcisistas), e, assim, montar uma tropa forte, com pessoas em quem confia. Familiares de sangue ou não, os eleitos tornam-se sua família também. Eu sinto assim.

A família JR Diesel é grande e guerreira, e existe confiança mútua entre seus membros. A última coisa em que meu pessoal pensa é que não vou pagar os direitos deles, por exemplo. E não tem como conquistar uma situação como essa se eu não der o exemplo. Sempre batalhei para ganhar meu 1 dólar a mais por dia, mas com o claro objetivo de também ajudar mais alguém a ganhar seu 1 dólar, ser bom para mim e trazer mais gente para crescermos juntos.

Jô Soares, quando me entrevistou para o seu programa global, ficou surpreso quando falei que eu era especialista em fazer nada. E é verdade. Porque entendo que todo mundo aprende a fazer algo melhor do que você, se deixar. Se a pessoa tiver carinho e atenção para aprender aquilo, pode confiar, ela vai pegar o que aprendeu e botar o próprio toque. Nossa inteligência não é maior nem menor. Nós somos iguais.

Sempre acho que o discípulo faz igual ou melhor que o mestre. É só uma questão de tempo. Para isso, basta confiar nele, ensinar sem barreiras e, logo, logo, estará fazendo melhor. Todos podemos melhorar a cada dia, somos incompletos e temos muito poder de fazer o bem, psicológico e material, a nós mesmos e a mais alguém.

Vender é essencial, mas conhecer o cliente é mais

Se você não for indiferente e não estiver preocupado apenas com seu produto, conseguirá vender sempre.

O que não fazer? Quando um cliente surgir na sua frente procurando uma caixa de sabão ou uma peça de carreta, se você simplesmente entregar o que ele quer, não saberá se é um transportador, um consumidor para uso próprio ou se tem um caminhão que quer vender e precisa arrumar.

Ao identificar o perfil e a necessidade de cada potencial comprador, saberá o que oferecer a mais para ele. Nós fazemos isso na JR Diesel com uma atitude simples: transmitindo carinho. Com isso, os vendedores constroem um carisma, e o cliente começa a conversar. A equipe precisa conquistá-lo. Só de sorrir, você já possibilita ao outro falar dele mesmo. Basta ser gentil e paciente para escutar. Quem não gosta disso?

Não importa se o cara vai comprar uma peça ou um caminhão. Em primeiro lugar vem o respeito às pessoas, depois os resultados do negócio. Se você inverter a ordem, tirando pedidos a qualquer preço, essa empresa não vai durar. Antes de tudo é preciso cuidar do ser humano — as pessoas não podem perder essa referência, seja na vida pessoal, seja na profissional.

Esse atendimento especial faz toda a diferença em qualquer tipo de venda, em qualquer empreendimento. Afinal, um cliente bem tratado permanece do seu lado e atrairá outro e mais outro, criando uma corrente virtuosa. Ele indica o seu negócio. Promove o famoso boca a boca. Traz até sugestões de melhorias.

É essencial treinar seus colaboradores para isso. São eles que tocam a empresa e têm o contato direto com o comprador. Se cada um pensar da mesma forma que você, com essa visão, com essa cultura, todos irão mais longe. As metas serão batidas e provavelmente superadas.

Nesse atendimento mais humano, nada mecânico, também transmitimos nosso pensamento positivo, e o cliente já se sente atraído por isso. Mais do que uma estratégia de marketing, acreditamos nisso verdadeiramente. A mensagem "pense positivo" está nos e-mails que enviamos, em nosso site e até na fachada da empresa. As pessoas comentam que se contagiam por essa atmosfera de otimismo. Prova disso é que os transeuntes ligam para avisar quando uma letra se apaga no luminoso em neon com esses dizeres que está bem na frente da empresa. O ser humano gosta de receber energia positiva.

Nossa equipe não reclama, não choraminga, não põe lamento em nada. O cliente fala a um de nós:

— Nossa, este ano está difícil.

— Não, senhor. Está ótimo.

— Como é que vocês estão aqui na JR?

— Nós estamos ótimos.

— Ah, é? – O cliente muda de assunto e compra a peça. Ele para de lamentar e de dizer que está cara.

Por que fazemos isso com o nosso povo? Porque eles estão ótimos mesmo. Não atrasamos salário e promovemos aumentos salariais acima do índice de sindicato. Tratamos nossos colaboradores com máximo respeito, e a maioria está conosco há mais de dez anos. É claro que, para eles, está ótimo mesmo. Então, falam a verdade ao cliente, ou seja, que na JR está tudo indo otimamente bem.

Estratégia de buscar a prospecção certeira

Para garantir as vendas, a estratégia de buscar a prospecção certeira é muito fácil de colocar em prática. Significa simplesmente oferecer produtos a clientes que possuem mais possibilidade de comprá-los. Se você os

O CATADOR DE SONHOS

conhece bem sabe que precisam com mais frequência de determinado produto, que não resistem a certas novidades, que valorizam um tipo de material, que precisam de certas condições de pagamento para comprar mais.

O bom vendedor é proativo, mas sem forçar a barra. Num dia de movimento menor, ele pensa: "Já sei como vou fazer meu caixa de hoje". Liga para um cliente que sabe que vai atendê-lo e tem opções de como abordá-lo: pergunta se está satisfeito com a peça que levou na última compra; conta sobre um caminhão quase novo que foi desmanchado e enriqueceu o estoque com peças de primeira linha; pergunta simplesmente se ele está precisando de algo; agradece por ser nosso cliente fiel e reforça que está sempre às ordens, e ainda pode fotografar alguma peça *premium* e mandar pelo celular... Esse cliente, muito provavelmente, comprará alguma coisa da mão dele.

Eu compro mais um par de sapatos porque o vendedor me trata como cliente especial e sabe que gosto demais do produto, principalmente de modelo esportivo, para usar sem meias. Ele me liga, põe um mocassim azul na tela do meu computador e começa a brincar comigo, dizendo que vai passar na empresa para me mostrar. Depois pergunta se pode enviar, sem compromisso, para a minha casa. Eu autorizo, experimento e decido que não vou devolver — afinal, ele é tão bom vendedor — e mando faturar. Ele me conhece, sabe meus gostos, me ofereceu a forma mais cômoda de comprar, fez um serviço que para mim foi agradável.

Vá um pouco além, pesquise, copie e melhore

O tempo todo sou a favor de copiar. O universo é vasto em boas práticas e inspirações. Tem tudo pronto. E nossa vida é muito curta... Olhe, copie o que vê de positivo e dê seu toque, ponha seu DNA. Não precisa reinventar a lâmpada. Há tanta coisa boa para fazer!

Eu sou do tipo que não quer inventar a roda: eu copio. E como vou fazer isso, vasculho o que existe de melhor. Não inventei o comércio de sucata, de pipoca nem o de desmanche. Eu copiava, melhorava; e meu negócio se destacava, recompensando-me bem financeiramente. Eu só faço isso. Tudo o que construí nesta vida eu copiei de bons exemplos.

Tem gente fazendo? Então, preste atenção que você encontrará seu diferencial também. Sempre é possível fazer um pouco melhor. Conforme já contei, minha referência de limpeza e meu gosto pela organização tornaram-se diferenciais do meu negócio. Outros desmanches não prezavam por esses quesitos; e o meu foi pioneiro.

Buscar informação também é importante para se mostrar inovador. No caso de desmanches, como não era possível copiar boas práticas de empresas do mesmo ramo dentro do Brasil, fomos pesquisar lá fora. Trouxemos informação, equipamentos, novas tecnologias e formas de cuidar do meio ambiente. Além disso, influenciamos na hora certa a lei que rege nossa atividade central.

Eu não lido bem com informática, e a empresa é 100% informatizada. Temos um sistema desenvolvido para as nossas necessidades e as particularidades do nosso segmento. Construímos um *know-how* nisso. Quando implantaram a nota fiscal eletrônica, seis meses antes a nossa já estava pronta. Já que é para copiar e melhorar, somos ágeis.

Empreendedor precisa ser inquieto, pensar sempre em "como evoluir", "o que mudar", "o que experimentar", "o que dá para fazer diferente" e ter o faro apurado para escolher bem o que copiar. Uso meu faro em feiras do setor, fábricas relacionadas à nossa cadeia produtiva, até na loja do vizinho.

Importante: deixe que os outros copiem também o que você já fez. Todos ganham.

Concorrência é algo maravilhoso

A concorrência mantém você esperto. Faz sair da cadeira, sair de casa de manhã pronto para a batalha. Verdade que a JR Diesel ainda não tem concorrente direto, do mesmo tamanho, com o mesmo volume de entrega e qualidade de atendimento, apenas alguns muitos pequenos. No entanto, acreditamos que será ótimo quando essa concorrência existir por vários motivos.

Em primeiro lugar, nosso mercado é grande demais. Sempre terá espaço para outros empreendedores. Tanto que nós temos toda a organização possível e, mesmo assim, não conseguimos atender nem 30% de nossa própria demanda.

Certa vez, recebemos a visita de empresários estrangeiros, que tentaram comprar nossa empresa. Mesmo sendo grandes lá fora, ficaram encantados com nossos resultados: "Como conseguem fazer isso tudo em 12 mil metros quadrados?".

Eles têm lojas com 100 mil metros quadrados que não conseguem nem um terço do mesmo feito. E eu tenho orgulho de mostrar que é possível e que gostamos do que fazemos.

Assim como esses, outros visitantes de todos os cantos já comentaram que não imaginavam que uma empresa de peças usadas tivesse esse alto nível de seriedade, credibilidade no mercado, qualidade de produtos; e com um plano de crescimento tão grande e uma equipe tão bem formada para atender o cliente. Isso nos surpreende porque para nós tudo é muito simples de fazer. E dá para copiar, melhorar ainda mais!

A segunda vantagem da concorrência é que o mercado como um todo cresce quando há competitividade. Afinal, tanto os profissionais precisam sair da zona de conforto e se mexer, como o empreendedor tem de onde copiar. É preciso perceber o que não quer (modelos negativos) e o que agregaria valor ao seu negócio (modelos positivos).

Talvez uma das causas de eu ter vários altos e baixos, quebras no início, foi justamente por não ter de quem copiar os acertos. Precisava arriscar muito mais do que se tivesse escolhido outro setor mais popular. Se abrisse um restaurante, por exemplo, poderia ver os tropeços de vários proprietários e desviar. No ramo de reciclagem de autopeças, não dispunha da mesma opção.

Abrimos estrada. É isso que minha equipe e eu fazemos nos últimos vinte anos. Hoje, conhecemos muito melhor o nosso solo. Então, a possibilidade de termos algum problema financeiro é quase remota. Entretanto, continuamos abrindo estradas, que poderão ser percorridas por mais empresários sérios, como já acontece em todo o mundo.

Transponha sua paixão para o negócio

A paixão é o principal combustível para o empreendedor abrir estrada, pedir passagem, acelerar. Todo mundo é apaixonado por algo. Escolha uma paixão e lucre com ela. Não trabalhe visando que aquilo vai dar resultado mesmo se estiver infeliz. Trabalhe para ser feliz. Tenha orgulho daquilo que faz. E, assim, conseguirá "chamar" o sucesso e vários dólares para o seu lado.

Abilio Diniz é um apaixonado pelo que faz. E isso fica evidente. Por isso é um executivo empreendedor de tanto sucesso e tanta credibilidade. O pai já tinha supermercado, mas ele fez a diferença. Por que não foi vender cimento? Gosta de lidar com varejo, com alimentos, com saúde.

Quando me pedem que dê um conselho aos jovens, eu ressalto: "Vale a pena pegar sua paixão e transpor para um negócio. Mesmo com crise, você verá que portas e janelas se abrem! Porque é importante se apaixonar por algo para ter êxito. Ou não dá liga, não dá química, não é especial – igual a relacionamento amoroso. Acabou a paixão, vá fazer outra coisa. Peça divórcio, vá ser feliz".

Esse ingrediente é o que mais faz um empreendedor se dedicar, se desdobrar, querer viver aquilo todos os dias. Satisfaz o ego dele, dá prazer. Ele não age só pelo dinheiro, trata-o como consequência. Não faz por necessidade, e sim por escolha – como quando decidi trocar a vida de executivo pelo negócio próprio. Tudo o que fiz na vida foi com muita paixão, de catar sucata no lixão a reciclar caminhões. Realizava cada trabalho com muito gosto, então não me cansava.

É necessário ter metas realistas, estratégias racionais, planilhas e números frios. Contudo, o resultado é também proporcional ao seu índice de paixão. Por consequência, você ganha 1 dólar a mais por dia. O progresso vai acontecendo e o dinheiro, surgindo, surgindo.

––––––––––––– Eu agradeço por *tudo* que me acontece –––––––––––––

Tenho o hábito da gratidão. Acho bonito. Muita gente não tem noção da força que esse gesto possui, de quantas portas abre, dos novos caminhos que mostra, da boa energia que traz. Eu sou muito agradecido pelas vitórias e também pelas pedras no meu caminho. Sorrio para a vida, acreditando que tudo sempre me leva a um *upgrade*.

Hoje, agradeço por acordar de manhã querendo correr para o meu espaço e fazer melhor do que ontem, sem nunca arrumar pretexto para faltar. Não há sofrimento, só alegria. Esqueço a hora de ir embora. É claro que vou lucrar! Mesmo se ganhar um pouquinho só, vai valer muito. Estou sempre satisfeito.

Agradeço até por uma notícia que naquele momento é negativa. Mesmo quando amassam o para-lama do meu carrinho branco. Poderia ser pior. As duas carretas que tombaram me deram o embrião para um negócio de gente grande.

Aos 13 anos, agradeci quando consegui meu primeiro emprego, de *office boy*. Ter registro na carteira renovou minha alegria, depois de ter quebrado para salvar o boteco do meu pai. Nesse tempo todo eu era feliz porque trazia aquela referência do carrinho de boi puxado por ratos, do aterro sanitário, da cama de cimento da estação de trem... O que tivesse a mais já me fazia muito bem.

Quando encontro obstáculos, a primeira coisa que faço é buscar forças nas minhas origens. Então, repasso mentalmente a minha história e confirmo que só tenho a agradecer. Perder alguma coisa diante de tantas que conquistei não vai me abater. Vou ganhar de novo. Saio de casa de manhã determinado a conquistar 1 dólar a mais todos os dias, e contagio minha equipe e minha família a querer o mesmo. Funciona. Um desejo em comum nos une, e nos faz mais felizes.

Agradecer me impulsionou a sair várias vezes do "poço" da falta de capital e do endividamento e a me reerguer até um patamar mais alto. Como cuido das pessoas ao meu redor, agradeço por elas também e as estimulo a progredir. Quando entra um funcionário novo na equipe e vê que um ex-ajudante foi promovido e já chega de carro importado, ele pensa: "É aqui que eu vou fazer minha vida". Não é crime nem pecado querer progredir. É estímulo para trabalhar.

Eu cuido das pessoas e elas cuidam da empresa. Dona Mafalda, a gerente do Playcenter que me fez voltar para a escola – sob a ameaça de tirar meu emprego –, estava cuidando de mim e da empresa. Admiro os estudantes, porque estudar é muito difícil. Já trabalhar eu acho muito fácil. Eu precisava fazer algo a mais no meu emprego, e esse algo a mais acabou sucumbindo o tempo para a faculdade. Sinto por isso, não é um bom exemplo.

No entanto, essa foi a minha escolha, de empreender dentro do meu emprego e, em paralelo, desde a adolescência. Para isso, topei trabalhar, agradecido, por muitas horas. Colocava irmão, primo, sobrinhos e quem mais quisesse nessa roda da fortuna. Contudo, sempre motivando as pessoas, desde filhos até colaboradores, a concluírem seus estudos, pois aquilo os ajudaria a ter mais informação. Sempre soube quanto isso me fez falta no início. Com mais escolaridade, talvez tivesse acelerado meu processo de crescimento.

É cansativo trabalhar e estudar, mas, quando você tem informação e paixão pelo que faz, chega em casa, joga o corpo no sofá e diz mentalmente "Obrigado por mais este dia", e jamais "Que droga, amanhã vai começar tudo de novo". Se repetir a segunda frase, ou você é um fracassado ou deve mudar logo de endereço. Veja bem qual energia está gerando, porque é isso que vai colher. Você precisa agradecer, e jamais fará isso por escolhas que o irritam. É preciso ter essa medida se quiser 1 dólar a mais todo dia.

Capítulo 18

Seus valores
farão a diferença

A principal receita do desenvolvimento da minha empresa e da felicidade que envolve todos os meus atos é muito simples: carinho com disciplina. Essa combinação funciona em todos os lugares, e eu a aplico na minha família, no meu negócio, na minha vida. Todo mundo me respeita, e nem por isso preciso ser sisudo, mal-educado ou opressor.

"Pensar positivo", "gratidão" e "humildade" também são valores nos quais acredito. Tanto é verdade que estão presentes em plaquinhas visíveis dispostas sobre a mesa dos funcionários (de recepcionistas a diretores) para materializar a minha filosofia de trabalho. Os colaboradores são a empresa. Não adianta eu pensar positivo atrás da minha mesa e depois esbravejar que quero deles o resultado financeiro a qualquer custo.

Quais são seus valores? Os meus nasceram dentro de casa. E se perpetuam. Um pai precisa transmitir disciplina aos filhos desde pequenos, mas com carinho. Essa relação é uma parte tão boa da vida! Os negócios e o dinheiro são consequência. Família é tudo, e são os valores que dão solidez a ela. Isso serve para todo mundo que a gente considera.

Com meus colaboradores não é diferente. São minha segunda família. Eles produzem muito, sem que eu precise andar com chicote pelos corredores. Eu ando com sorrisos. Você precisa valorizar seu colaborador, ou não conseguirá enganá-lo por muito tempo. Se conseguir estabelecer uma parceria de sucesso, ele vai trabalhar para si e trazer um ótimo resultado a ambos.

Eu só via pessoas de bem progredindo

Muito cedo percebi que, para ter alguma coisa, eu precisava trabalhar. É como as pessoas de bem progridem. Estamos cheios de exemplos de pessoas que escolheram o caminho da propina, da corrupção, da sonegação, do jeitinho "petrolão", da cara de pau. Na minha visão, essas pessoas atraem uma energia tão ruim, que costuma se transformar em doença.

Pelo caminho do trabalho, eu via minha mãe progredir, meus chefes e eu mesmo. Quem é bem formado como ser humano não precisa se esconder de nada. Já é um vitorioso, um privilegiado.

Dinheiro vem e vai; você pode ter hoje, mas amanhã não. Pode acumular um tesouro até que, de repente, uma fatalidade o leva embora. Já a sua formação, a sua base, ninguém tira. Você vai ser gente a vida inteira. E mais feliz.

Muito melhor é progredir sendo do bem, sem importar em qual negócio. Todos devem ser lícitos, porque é a única maneira de durar. Você já viu alguém trabalhar de forma ilícita ou no crime e, no final, se dar bem?

Alguém pode me dizer:

— Ah, mas o Fulano de Tal era político e ficou muito rico.

— Ele tem saúde?

Você precisa andar pela direita, ser correto com as pessoas, porque só assim conseguirá alcançar seu objetivo principal, que é ser feliz. Engraçado que todo pai responde que quer que o filho seja feliz. Deve, então, dar o exemplo, transmitindo valores positivos, inclusive na hora de lidar com os negócios.

Eu progredi em tudo o que fiz. A diferença é que, ao reciclar caminhão, foquei naquilo para aprender como crescer e procurei não dispersar com outros produtos. No entanto, fabriquei camisetas no passado e ganhava "uma nota" com isso. Teria sucesso igual, ou melhor, se fabricasse camiseta e jeans até hoje. A ordem dos produtos não altera o resultado. Meus valores me norteiam para tudo, eu os transformo em ações práticas e, assim, ajudo muita gente.

Na minha empresa, cuido das pessoas e tenho a oportunidade de fazê-las progredir. Quando chega um colaborador novo, ele fica animado para trabalhar comigo ao saber que uma gerente já foi ajudante, outro começou como desmontador de caminhão e assim sucessivamente. Todo mundo lá tem plano de carreira e incentivos para estudar.

É curioso que a própria equipe elimina uns poucos que só atrapalham. Os determinados a progredir enxergam que existe muita oportunidade e rejeitam a ideia de somar esforços com laranja podre. Naturalmente, aqueles que estão no lugar errado sentem-se deslocados e saem. Só permanecem os "tatuados", que carregam a empresa na pele. Eles se completam, e o empreendedor apoia essa boa energia.

Trabalhar na legalidade é mais inteligente

Desde que o mundo é mundo, tudo se vende, tudo se compra. Então, qualquer negócio pode ser bom por si só. Você copia o que outros estão fazendo — isso acontece o tempo todo — e melhora, descartando aquilo que não aprova. Não é o caso de apontar quem está certo ou errado. No entanto, aqueles que seguem valores éticos têm o direito de pensar "não é o que estou buscando para mim". Foi o que fiz.

O que realizei no meu segmento é o mais básico do mundo. Existe um negócio no qual você acredita ter excelente potencial. Ele é rentável, gera empregos, atende a uma necessidade da população, alimenta sua paixão, sustenta sua família e várias outras. Para que agir pela esquerda, de maneira torta? Pode replicar tudo o que há de bom — e vai copiar justamente a parte ruim, que é a clandestinidade, a ilegalidade?

No começo de um negócio, pode ser tentador buscar caminhos "flexíveis", para fazer caixa rapidamente ou por preguiça de buscar informação, mas é só você pensar grande. Na minha visão de futuro, enxerguei que a JR não seria mais um ferro-velho se trabalhássemos de maneira regularizada. E funcionou.

Só compramos de empresas formais porque assim garantimos a origem do caminhão e das peças. Esse cuidado traz um efeito superpositivo:

ninguém nunca colocou em dúvida a procedência de nosso estoque. Dou esse exemplo para mostrar que seguir pelo caminho errado é desnecessário e desinteligente. Se você não trabalhar na legalidade por honestidade, faça por inteligência.

Como a reciclagem de autopeças ainda sofre preconceito no Brasil, não posso e não quero correr riscos. Ao lidar com um segmento que já é contaminado, eu tinha tudo para pegar o mesmo atalho. No entanto, independentemente de índole, fui educado à moda antiga. Trago de berço a seriedade, a honestidade e o compromisso com as pessoas de oferecer o melhor.

Além disso, tem a matemática. Experimente fazer uma continha simples. Não importa se o cara fabrica tampinha, tem banca na feira ou uma construtora. Liste lado a lado profissionais conhecidos por trabalharem dentro da lei, da formalidade, e outros que não. Depois compare a trajetória e o tempo de vida de cada negócio. Aqueles que estão fora da lei morrem todos no caminho...

Eu não comecei para parar no caminho. Por isso, copio de quem está lá na fileira da direita!

Prepare seu sucesso futuro

Quando estiver com a agenda vazia, em vez de ficar navegando a esmo na internet ou entretido com joguinho de celular, procure criar algo para se dar bem, com o objetivo claro de ajudar mais alguém. É a sugestão deste empreendedor que sempre foi apaixonado por ganhar dinheiro.

Você trabalha oito horas por dia, mas tem capacidade para dezesseis? Concentre suas horas livres em seu sucesso futuro. Graças ao meu gosto pela organização e à receita do carinho com disciplina, consigo que as coisas caminhem mais tranquilamente. E me sobra tempo, esse bem tão precioso atualmente.

Às vezes sinto-me ocioso e, como não me canso, sempre tenho essa vontade de fazer um pouquinho mais. Já atuei ao mesmo tempo em negócios de todos os tipos, mas hoje procuro me ater a experiências em meu segmento, para não dispersar. E a possibilidade de desistir é zero.

O CATADOR DE SONHOS

O tempo todo, eu (e minha equipe faz igual) pergunto "O que podemos melhorar hoje?". Geralmente a resposta é algo simples, como substituir um portão manual por um elétrico, porque vai facilitar a passagem.

Empreendedor, não use seu tempo livre para "viajar" em ideias que não viram nada. Por exemplo, vou desenvolver drones para entregar peças? Pouco provável, pois nem as grandes empresas têm isso. Dá mais resultado investir no que é conhecido, testado e está ao meu alcance. Quando outros fizerem excelente uso desses robôs voadores, aí poderei copiar. Prefiro acertar detalhes no atendimento, no estacionamento, na lanchonete, na comunicação.

Uma de nossas novas empreitadas é desmontar ônibus. Nas grandes cidades, eles só podem circular por dez anos, depois precisam ser retirados de circulação. Sem ter para onde ir. O x da questão é dar o destino correto, até por uma preocupação ambiental. Assinamos parceria com empresas responsáveis por esses veículos, que nos vendem por um valor possível para passarem pelo processo de reciclagem. Começamos desmontando um ônibus por dia. Desafio bacana de abraçar, com contratos grandes.

Positividade sempre

Pensar positivo para mim é uma religião. Tenho fé no poder que todos nós desenvolvemos a partir dos pensamentos. Aprendi bem cedo que todas as religiões poderiam ser boas e úteis. Eu trabalhava com judeus, budistas, espíritas; cheguei a conhecer um muçulmano, pessoa maravilhosa.

Convivia otimamente bem com todos e, da minha maneira, procurava entender o que buscavam em sua fé. Vendo que a maioria deles obtinha resultados e paz de espírito, por minha conta e risco passei a acreditar que havia uma energia universal dentro de cada um de nós, e que as religiões eram um meio de acessá-la.

Eu acesso essa energia com positivismo. Gosto muito da mensagem "Pense positivo" porque se trata de um princípio que beneficiaria a mim e a todos à minha volta, independentemente da religião. E assim aconteceu! Adotei 24 horas por dia. Ao materializar a energia vinda desse pensamento, tenho contagiado o maior número de pessoas possível.

Exibo as duas palavras poderosas em outdoors, paredes, placas em cima das estações de trabalho e em outros locais inusitados — sempre no intuito de que alguém as leia e as fixe na mente. Para que familiares, colaboradores, clientes, amigos, parceiros se lembrem da importância de afastar pensamentos tóxicos e se concentrar nos bons, convido-os a mentalizar:

"Sou exatamente aquilo em que penso."
"Penso que posso, e posso."
"Penso que quero, e consigo."
"Penso que faço, e acontece."
"Penso em sucesso, e tenho vitórias."
"Penso com alegria e sorridente, e fico mais saudável."
"Penso no próximo, e eles vibram por mim."
"Penso positivo e fico cada vez mais feliz."

Se você quiser entrar nessa corrente do bem, pode conservar sua religião ou crença e apenas acrescentar o pensamento positivo como um bom hábito. Vai se surpreender com os resultados!

É energia pura, que só nos fortalece internamente e muda a vibração do lugar onde estamos. Trata-se de uma ferramenta poderosa para um empreendedor.

Quando você acredita no seu objetivo e sai da cadeira para trabalhar, pode ter certeza de que o universo vai conspirar a seu favor. Como eu acreditava muito na reciclagem como um grande negócio, nunca perdi uma oportunidade. Quando caía, subia mais alto, impulsionado por essa boa energia.

Para mim, sorte é apenas um ponto de vista positivo de qualquer situação! Mantenho um blog chamado *Otimamente Bem!* desde 2011. Nos primeiros quinze dias no ar, recebi 6 mil visitas. Um dos posts mais curtidos trata de sorte, em que mostro que ter encarado as pedras no meu caminho como desafios a transpor, ou até "presentes", só me fez crescer.

O CATADOR DE SONHOS

Pensar positivo é acreditar. Você deve fazer isso logo de manhã e sair de casa confiante de que tudo vai dar certo. Agradecer por ter chegado ao trabalho e atender os clientes com profissionalismo e humildade. Assim, só vai lucrar. Tem gente que pensa "Que dia!", sem se lembrar de que o simples fato de ter levantado é motivo para sentir-se feliz.

Humildade, carinho e disciplina no trabalho e na vida

Abrir um negócio e fazer sucesso é fácil. O empreendedor deve ter humildade para permanecer no topo. Hoje, é preciso conhecer ao máximo o próprio negócio, claro. No entanto, amanhã, quando chegar à empresa, por favor, olhe de novo. Tenha a modéstia de rever, repensar, refazer, conversar com seus funcionários e clientes para receber feedbacks, sejam construtivos ou não.

Tudo muda muito. A natureza é fantástica. Todos os dias ela lhe dá a oportunidade de começar de novo. Aquilo que você tem hoje poderá amanhecer melhor amanhã. Se, porém, não agir, não evoluir, não escutar, estará sujeito a parar no tempo, preso a velhas convicções. O relógio vai andar, os conceitos vão envelhecer, a tecnologia vai avançar, seus concorrentes vão inovar.

Ter humildade é um ponto-chave. Se eu acreditar que sou o reciclador de autopeças número um, o *bambambã* do mercado, vou me dar mal. Já se pensar que diariamente tenho de aprender a ser um ótimo reciclador de autopeças, terei de melhorar e estarei cada vez mais preparado e aberto às novidades.

Quer melhorar seu negócio? Comece instalando mais sorrisos: no seu rosto e no do pessoal que atende seus clientes e fornecedores. Pode treiná-los a sorrir quando alguém chega. Se o empreendedor entender que um não é inferior ou menos importante que o outro, vai tratar a todos com sorriso no rosto e carinho nos gestos. Lembrando que é essa rede que fará seu negócio funcionar e crescer.

Tocamos a empresa da seguinte forma: meu filho mais velho, Arthur, cuida da parte de inovação, novos projetos, tecnologia, networking da empresa. Meu filho do meio, Guilherme, comanda o comercial e o operacional. Minha esposa coordena a área financeira. O que eu faço para ajudá-los é cuidar da melhor ferramenta que eles têm: as pessoas.

E não é nenhum esforço ficar próximo da equipe porque eu gosto de gente (todo líder deveria gostar). Tanto que, se percebo que alguém chega de cabeça baixa, procuro saber se o filho repetiu de ano ou se a casa perdeu telhas. Pergunto em particular no que posso ajudar. Se um ficar doente, eu vou me preocupar. Não importa se é júnior na sua função; ele é tão importante quanto o outro que assina o cheque da empresa. Deixo isso bem claro.

De manhã, cumprimento todos da mesma maneira. Cuido daquele que varre o chão com todo o carinho, não para fazer "média". Chamo-o pelo nome e vou até ele para desejar-lhe um bom-dia. Meu chão brilha. Não há o risco de achar uma ponta de cigarro ali. Com um gerente, meu tratamento é o mesmo.

Traçamos metas possíveis de ultrapassar na maioria dos meses, e nossa política de comissionamento é igual para os diversos cargos, afinal todos vestiram a camisa, "tatuaram" na pele os objetivos da empresa, cada qual com seu nível de conhecimento e experiência. Os colaboradores constroem o futuro do negócio! Fico na empresa muitas horas por dia, mas não trabalho tanto quanto eles.

Eu não só trato meu pessoal com carinho como não admito que ninguém faça diferente. Como atuamos no comércio, peço a todas as pessoas — da recepcionista ao chefe do financeiro — que tratem o cliente e o colega de trabalho exatamente como eu os trato. Faz parte das normas de conduta para trabalhar na JR Diesel, faz parte de nossa cultura.

Não negocio disciplina. Ela tem de existir, mas embrulhada em carinho. Eu ando pela empresa e delego desafios. Depois volto para conferir. Não tenho agenda e pouco mexo em computador. No entanto, tenho boa memória e noção clara do que pedir de cada um. Se alguém vacilar vou lembrá-lo de que não sou seu colega de escola. Com educação,

O CATADOR DE SONHOS

darei limite, por exemplo, dizendo: "Fulano, eu não me lembro de ter estudado com você".

E ele vai pensar: "Opa, entendi o recado".

Como toda criança, qualquer colaborador vive de exemplo. Digamos que alguém comece a chegar atrasado. Melhor do que dar advertência é fazê-lo ver que você já está lá e ainda o trata com carinho. Ele deverá ficar constrangido por si só. E, por consideração a você ou vergonha mesmo, vai decidir adiantar o despertador. Caso contrário, ele não quer crescer.

Motive sua equipe a sonhar seus sonhos

O empreendedor precisa proporcionar aos clientes uma experiência positiva em relação à sua marca, para que se tornem fiéis e tragam amigos. Como faço para os meus ficarem 100% satisfeitos? Basta deixar, primeiro, que meus colaboradores se sintam assim.

Um cara satisfeito atende o outro com a mesma intenção. E, assim, multiplicamos o número de vendas por telefone, visitas virtuais e presenciais. Não conhecemos crise. Se você não tratar bem aqueles que estão dentro de sua casa, onde vai fazer isso? É esse clima que passamos a cada colaborador.

Devemos nos respeitar e agir com carinho, humildade e gratidão. Um precisa cuidar do outro — e juntos todos cuidam da empresa, que cuida de nós. É assim que nossa roda da fortuna gira, com base em valores (e não no lucro pelo lucro, esmagando todo o resto).

Carinho com disciplina funciona também quando o empregador está quebrado. Ele tem de lembrar que são os funcionários, terceirizados e fornecedores que vão levantar seu capital de novo. E eles precisam comer, pagar condução, cuidar dos filhos etc. No meu caso, quando enfrentava a concordata, primeiro pagava os salários e os credores para depois levar dinheiro para casa. Isso motiva demais a equipe, que valoriza essa consideração.

Para transmitir motivação e manter sua equipe engajada nos objetivos da empresa, não dá para mandar recado. Eu mesmo reúno as pessoas na nossa sala de treinamento para dizer quanto são importantes e quanto a empresa é DELAS. Por que o empreendimento pertence muito mais aos colaboradores? Se eu somar o ganho de todos eles e o passivo que cada um tem para receber em relação ao meu, vou perder.

Trago experts para palestras técnicas. Faço as palestras motivacionais e sobre a cultura organizacional – que chamo de "Escolinha do dia a dia" –, quando transmito mensagens como:

Do lado de fora, já começou de novo a propaganda de que o ano vai ser ruim. Deletem! Ninguém está aqui há menos de seis meses. Aliás, a maioria das pessoas nesta sala trabalha na JR Diesel há mais de dez anos. Alguém se lembra de o pagamento ter saído com atraso? Alguém se lembra de o sindicato ter dado 8% de aumento anual – que eu acho uma miséria –, mas ter recebido menos de 10%, 12%, 15%? Levante-se, por favor, quem aqui ganha um salário-mínimo. Ninguém, o.k.?

Se eu estivesse mentindo, alguns se levantariam na hora. Até porque, se um líder quer que a equipe o respeite, deve se dar ao respeito antes sendo justo e honesto. Motivação tem de acontecer na vida prática. Não adianta só no discurso, num pedaço de papel ou no presentinho que você entrega no Natal.

Daí, eu continuo:

Então, por que vocês se preocupariam com crise? Qual crise? E para quem? Nós vendemos peças para veículos que transportam produtos de primeira necessidade. Nossos clientes precisam delas para abastecer o Brasil de quase tudo. Você fez compras no supermercado no mês passado? Sim. E vai precisar fazer neste mês de novo? Sim também. Como esse material chegará às gôndolas? Nos caminhões. Para levar sua compra para casa, provavelmente você usará ônibus ou carro. Como vão transportar combustível aos postos?

Ao mostrar um ponto de vista prático e próximo, eu os ajudo a desviar a atenção de questões macroeconômicas que não podem resolver (notícias de que as ações da Bolsa caíram, de que determinado ministro pode perder o cargo...) para questões sobre as quais têm controle, para a realidade que podem transformar. E, assim, eles podem melhorar de vida – desenvolvendo o espírito empreendedor, como eu fiz durante os dezesseis anos em que cresci dentro do grupo Playcenter.

Procuro despertar em cada um a vontade de trabalhar para si, e não para mim:

Da porta para dentro, pense positivo e faça para você. Eu não preciso que se sacrifique por mim. Consigo sobreviver com o que já conquistei e quero que cada um nesta sala consiga também. Se trabalhar para si e acreditar no seu potencial, terá sucesso. E estará fazendo sua parte para o país crescer. Além de poder ajudar outras pessoas, a começar pela sua família. Lembrem-se de que, juntos, vocês ganham mais do que eu. São sócios majoritários. Cuidem da empresa de vocês, o.k.? Para que ela possa sustentar a todos nós.

Eu não terceirizo essa oportunidade de expressar o que penso, o que é possível, quanto queremos crescer. E o colaborador sente confiança para dar continuidade àquilo em que acredito.

Se você é líder, levante o astral deles, colabore para erguer a autoestima, querer ter sucesso. O retorno é garantido! Se precisar gritar ou se estressar, tem algo errado. Ou seu funcionário não serve ou você não é líder. Siga orientando, dando autonomia e respeitando o espaço de cada um. Quanto menos o líder fizer, melhor sua equipe será.

Melhoria contínua é uma característica da cultura que estabelecemos. Um profissional bem preparado e bem remunerado não quer trocar de empregador. Ele constitui família com base nessa empresa, que passa a fazer parte do objetivo de vida dele, partilhando planos e sonhos com você. Experiência própria.

Carinho com disciplina, minha combinação campeã

Eu venho de uma família que achava bonito ver outras com disciplina para conseguir as coisas. E, desde pequeno, eu era incentivado pelos meus pais a copiar bons exemplos. Apesar de alguns criticarem essa atitude, eu copio muito das pessoas e dos negócios — mas só o que me interessa.

Desde criança, eu achava a disciplina militar fantástica. Apenas tenho a sensação de que falta carinho. Talvez os militares não consigam fazer isso no meio deles. No entanto, consigo imitar o que eles têm de diferencial. Quanto ao carinho? Copiei da minha mãe. Ela arrumava trabalho facilmente com sua forma cativante de lidar com as pessoas. Era prestativa, carismática, queria ajudar todo mundo, tanto que ia à feira fazer a xepa e não trazia alimentos só para nós.

Como minha mãe, o que eu puder fazer pelos outros será com satisfação. Seja conversar com estudantes pela internet, seja dividir com colaboradores as minhas roupas. Para guardar uma camisa nova no armário, eu tiro uma e doo.

Do meu pai, copiei o trabalho árduo, uma receita que funciona em qualquer lugar do mundo. Ele foi agricultor, depois se dividia entre ser pedreiro e dono de um bar. Às vezes, fazia o turno da noite em obras na avenida Paulista, uma das principais de São Paulo, e nos deixava ajudar — eu, com 9 anos, e meu irmão José, com 11.

Ele não era de passar a mão na nossa cabeça, mas nunca deixou faltar comida em casa. E como aproveitava a vida! Nas horas vagas, tocava sanfona e viola e saía com minha mãe para cantar em festas e, claro, faturar. Depois que ela morreu, teve mais nove esposas. O músico era um sedutor. Quando fiz 11 anos, a situação se inverteu; eu passei a cuidar do meu pai, que faleceu com 106 anos, em 2014.

Sempre me preparei para que meus filhos não precisem cuidar de mim, embora veja em seus olhos que fariam o mesmo comigo, copiando a dedicação que tive com o avô deles. Eu os crio à moda antiga, respeitando os mais experientes. Eles me veem chamando meu irmão mais velho de senhor.

O CATADOR DE SONHOS

Meu pai praticamente fundou a favela do Sapo. Hoje, chamam de comunidade, mas mudar de nome não muda a realidade da desigualdade social nem o preconceito com quem mora lá. Por que fugi do determinismo de que não seria alguém de valor? Por que não copiei bandido famoso?

Porque nunca vi nenhum deles se dar bem. Todos que seguem o caminho do mal, morando em condomínio luxuoso ou em barraco, enfrentam problemas familiares, doenças, tragédias, famílias desestruturadas... É o que a má energia lhes gerou. Eles devem se dar mal sozinhos, sem levar ninguém com eles.

Preferi copiar meus patrões do grupo Playcenter. Eram disciplinados, bem-sucedidos, trabalhavam doze horas por dia e agarravam as oportunidades. No início, eram três, que se tornaram meus mentores. E é ótimo ter vários, para copiar a melhor qualidade de cada um – e não tudo, para não herdar também os inevitáveis defeitos.

O senhor Henrique era mais frio, mas copiei sua disciplina. Só de ouvir o nome dele, as coisas já iam para o seu lugar. Já o senhor Rafael tratava a todos com enorme carinho, da família aos colaboradores. Se alguém vinha trabalhar com dor de dente, ele arrumava um jeito de conseguir dentista. Nem por isso perdia autoridade. Representava um pai para mim.

Quanto ao terceiro, era o mais visionário, enxergava lá na frente. O senhor Marcelo defendia que tudo poderia ser muito melhor. Ele acreditava, ousava. E era vaidoso, todo elegante, vivia bem. Carro esporte. Mente inovadora. Carregava a chave sem chaveiro, usava camisas leves, calçados sem meias. Meu estilo de vestir é inspirado no dele. Eu o admiro até hoje por suas muitas qualidades. É meu guru e amigo.

Com a expansão da empresa entraram mais três diretores. Que sorte a minha! Ganhei esses professores, padrinhos, que me tratavam com consideração e respeito; daí o nome Geraldinho, como me chamavam. Eles tiveram presença constante na minha trajetória de sucesso no Playcenter durante excelentes dezesseis anos. O carinho com disciplina que herdei deles eu aplico em tudo.

Certa vez, apareceu na empresa um sindicato para fazer um oba-oba, alegando que meu pessoal trabalhava demais. Conseguiram convencer

30% dos 200 funcionários da época, que se reuniram em volta de uma Kombi, com um representante fazendo discurso ao microfone.

Não tive dúvida. Fui até ele e disse:

— Só um momentinho.

Daí, juntou um monte de colaboradores, parou a empresa. Eu anunciei:

— Só vamos ter resultado trabalhando bastante, porque todos nós precisamos disso. Não tem como ser menos. Tem como ganhar mais. Alcançar melhores resultados, ser mais feliz. Deixar de trabalhar? Não acho que seja o melhor modelo, mas, se vocês acham isso, está tudo certo. Venho aqui por satisfação pessoal e para fazer o bem a mais alguém. Esse "mais alguém" inclui vocês. Se não se sentem felizes, não valeu a pena. Fechemos a conta: estão todos demitidos, serão indenizados e a empresa vai parar. Eu vou passar uns dias em Miami e depois pensar no que fazer com o dinheiro. Obrigado. Valeu. Foi muito boa a companhia de vocês enquanto durou.

— Não, seu Geraldo, *peraí*! – Disseram, em coro, alguns.

— Não se preocupem quanto ao que o sindicato combinar com vocês. Eu só tenho de pagar a conta, não é? Fechado. Alguém aqui, na alta ou na baixa, recebeu salário atrasado? Não. Alguém aqui, por um dia, teve aumento apenas pelo índice determinado na convenção coletiva? Não. Alguém aqui foi tratado como número e não recebeu bom-dia do gerente que passava? Não. Alguém aqui deixou de crescer na empresa por um período de dois anos? Não. Eu só tenho a agradecer a vocês, porque vou conseguir tirar férias.

E voltei para a minha sala. Minutos depois, veio alguém correndo me avisar:

— Seu Geraldo, volta!

— O que foi?

— Estão tentando tombar a Kombi dos caras!

Eu tive de acalmar o pessoal, que queria avançar sobre os representantes do sindicato, que acharam minha reação muito diferente. São meus amigos hoje!

Carinho com disciplina, seguidos de atitude. Recomendo.

Capítulo

Fuja do
sucesso vazio

Nossa sociedade evoluiu muito, mas bastante gente ainda não tem consciência de que ninguém alcança o sucesso sozinho, mesmo que reúna uma mala de dinheiro. Os quinze minutos de fama até são possíveis, mas não duram. A felicidade ganha perenidade e consistência se mais pessoas ao redor também a tiverem; e se você também reerguer seu império sobre uma boa base emocional.

Uma vitória ganha reconhecimento se o competidor não trapacear nem for desleal, se usar referências positivas e valores capazes de convencer um time inteiro a lutar pelos sonhos dele. Afinal, o verdadeiro sucesso envolve pessoas, depois sistemas.

Vejo profissionais investindo em um software poderoso para desenvolver uma empresa, que fica concentrado num pen drive ou na "nuvem". Será que se lembraram de combinar com as pessoas como fazer o melhor uso dessa maravilha?

Todas as empresas, em todos os lugares do mundo, precisam de capital humano. Se não tiver, também não tem vida. Não tem felicidade. Não tem calor humano. Não tem alegria.

Aquele seu grande negócio só será perene se você mantiver sua referência de humildade e estabilidade. Afinal, sempre tem alguém que depende de você — mesmo que sejam seus pais ou filhos, que dependem emocionalmente de sua felicidade.

A vida é como um edifício

Como você faz para imaginar-se crescendo na vida? Construir uma história de sucesso é como erguer um edifício. Tem de começar pelo subsolo, pela fundação. Qual é a fundação de sua vida? Qual a sua origem? Onde e como começou?

Não importa onde ou como, na hora que você começar a construir sua trajetória, distribua lá embaixo sua humildade. Em seguida, projete a obra para subir e se tornar um prédio lindo, inspirador a muita gente. Pense positivo. Tenha fé naquilo.

Passo seguinte: assim que sua meta sair do chão, tenha gratidão! Você já conseguiu fazer a base. Agora, vá, agradeça. Ah, faltou material no terceiro piso? Agradeça também. O vento gerou um problema na laje do quarto andar? Agradeça de novo. Resolva, sem chorar ou procurar culpados. E continue subindo...

Se está lendo esta página e pensando que ainda não construiu um edifício lindo com a sua vida, saiba que todos os anos há uma nova oportunidade. Quem sente atração especial pelo novo, como eu, recomeça a construção sempre do zero, na terra, da fundação, já projetando o acabamento da obra, o visual e, principalmente, a altura máxima possível da torre.

Agora, não se faz uma obra de qualidade instantaneamente. Uma boa base, para ser fixada ao chão com segurança, exige muito aço e concreto, o que significa que cada laje, coluna ou viga de sustentação precisará respeitar seu tempo de secagem. Portanto, vamos construir no prazo devido e objetivando qualidade e segurança — até porque vamos levantar uma obra muito alta.

Para renovar as boas energias, delete a planta do passado e não transfira nem carregue entulho. Para iniciar uma obra em sua vida, concentre-se apenas no que você quer, no que lhe interessa, no novo e melhor. Não vacile, não olhe para trás ou para baixo do alto de seu edifício, para não perder o equilíbrio. Olhe para a frente, para o alto, para os ajudantes ao seu lado, com seus pés no chão, e se orgulhe do edifício que estão construindo.

Também recicle, mas só o que sobrou de aprendizado de sua obra anterior. O resto tem de ser inovador e deve ter um propósito definido.

O CATADOR DE SONHOS   145

A altura, a solidez e até o acabamento final dependem da base, composta de humildade e pensamento positivo, foco e determinação.

Se quer um edifício novo, lembre-se de abandonar crenças limitantes, porque, depois que o concreto secar, não tem volta, ele vai materializar o que você projetou. E então ficará muito mais difícil quebrar ou demolir (recomeçar). Portanto, procure não errar na hora de preparar seu futuro.

Construa sem maldade ou outro sentimento corrosivo. Ouse com muita fé e muito trabalho. Você é o engenheiro, o calculista e o mestre. Feitas a fundação e a base, feche os olhos e comece a imaginar a estabilidade e a altura de seu próximo edifício. Acredite que poderá ser a melhor obra de sua vida!

Quebrar em geral é por vaidade

Quanto mais bem-sucedido você for nessa construção, mais sua arrogância, sua intolerância, sua vaidade poderão vir à tona a fim de abalar as estruturas. No entanto, deixe todos esses sentimentos negativos de lado até atingir os andares finais. Uma hora, precisará controlá-los, porque eles estão dentro de você.

Todo ser humano tem um lado de vaidade, arrogância, prepotência. Principalmente vaidade – tanto que procuro deixar a minha no último andar. Se o vento levar, não fará a mínima falta. Ela que fique vulnerável lá. Na base, quero muita humildade, que não me deixa sair do chão. Deixar-se influenciar a seguir ideias desinteligentes, cometer atos ilícitos, querer subir a qualquer custo é o mesmo que construir o edifício sobre o brejo.

Para que você vai construir seu prédio no atoleiro? Num brejo que não tem base? Para todo lado que olhar há opções de lugares para construir sua vida. Qual o sentido de escolher o pior pensamento, o pior exemplo, a pior energia, o pior sentimento? Pode escolher o melhor e vai se instalar no péssimo e duvidoso? Lembre-se de que tem livre-arbítrio e copie o que há de melhor, só o que interessa.

Eu admito, sempre fui vaidoso, e isso não é de todo mau. Por exemplo, fico orgulhoso de ter um guindaste moderno e ver o piso brilhando de limpo na minha oficina. Eu poderia trabalhar sem aquilo, mas é uma vaidade sadia. Bem diferente da vaidade doentia de querer estar na vitrine para dizer que sou superior aos outros.

Esse tipo de sentimento é como energia nuclear à nossa disposição (de forma exagerada, é devastadora) ou o colesterol (tem o bom e o ruim). O ruim leva o empreendedor à falta de autocontrole, ao consumismo desnecessário, a aquisições sem propósito ou objetividade, a ego inflado pelo simples prazer individual, muitas vezes efêmero, mas com risco e consequências imprevisíveis.

Digamos que seja um doce veneno. Felizes os que reconhecem e controlam! Foi o que aprendi depois de topar aquela parceria com os norte-americanos e quebrar a ponto de dever 16 milhões de reais. Quanto maior a árvore, maior o tombo. Antes disso, eu já tinha alcançado uma situação financeira e empresarial estável, levando uma vida até esnobe, para ser bem sincero. Tinha sobra de capital, crédito, uma sólida estrutura de apoio, mordomias. Tinha de tudo MUITO.

Daí, fui ousado, mas, em vez de calcular o risco, acrescentei a vaidade. Pudera. Naquela época, todo mundo me endeusava, de colaboradores a empresários estrangeiros encantados com a minha empresa de reciclagem de caminhões. Bancos me estendiam o tapete vermelho. Caminhões poderosos chegavam a São Paulo... Eu me considerava intocável, e isso minou a base do meu rico "edifício", que desabou!

Honestidade, não perca sua referência

Voltei para a base, a referência de humildade e simplicidade do tempo em que ainda não era um empreendedor de sucesso. Fui honesto comigo mesmo, com a família e com todos os credores, assumindo que errei.

Recuperar a humildade é essencial, e a minha estava no fundo do poço, poço este que fui aterrando com credibilidade e muito trabalho até voltar à superfície, num prazo de cinco anos, sem o risco de desequilibrar e cair de novo. Simplesmente porque não havia mais o buraco.

Para evitar nova quebra, depois de assumir com honestidade cada um de seus atos, a segunda atitude é procurar diminuir as fraquezas emocionais, que só o iludem com flashes de aparente alegria e satisfação

O CATADOR DE SONHOS   147

do ego, mas trazem muitos efeitos colaterais que não deseja para si nem para ninguém.

Como disse, todos nós temos um pouco de arrogância, prepotência, vaidade. Estamos cheios de "vírus", não é? Às vezes, desenvolvemos um ou outro, e aí precisamos ter sucesso também no desafio de dominá-los.

Honestidade é uma ferramenta útil em todos os momentos da construção de uma vida. Principalmente a honestidade consigo mesmo, com seus valores, com sua consciência. E isso o ajuda a garantir um sucesso sólido e forte, como é o meu hoje.

O negócio precisa ser maior do que você

Se ele for financeiramente mais estruturado, vai sustentá-lo – não o contrário. Em outras palavras, não é você que tem de ser rico; é o seu negócio. No aspecto material, ele tem de ser mais forte que seu caixa pessoal.

Meus irmãos não compreenderam essa máxima e atenderam a outras prioridades. Eles montaram fazenda, compraram imóveis com o primeiro dinheiro que entrou, e, assim, quebraram a JR Diesel logo no início.

Muitos empreendedores cometem o equívoco de sangrar a própria empresa tirando capital de giro ou de estoque para comprar uma casa ou um barco. Ora, o ideal é financiar o objeto do desejo com o lucro que der. E, se for necessário, o dono vai vender o barco e devolver à empresa, porque foi ela que lhe deu o bem.

O.k., ele construiu a empresa e agora espera que ela banque algumas mordomias e vantagens, alguns privilégios. E se faltar dinheiro para pagar os funcionários, será problema para o banco resolver? Não, quem tem de solucionar primeiro são os sócios.

Vemos alguns que tentam artifícios como fazer manobra fiscal ou financeira, joguinhos com fornecedores, troca de CNPJ, e é aí que a empresa quebra mesmo. Não foi ela que deu aquele bem mais luxuoso? Que vendam mais barato e devolvam ao caixa, que ela vai lhes dar outro quando as coisas melhorarem – desde que continue agindo de forma lícita.

Quem insistir em proteger a si mesmo, em detrimento da empresa, estará fazendo mau negócio. Não mate sua galinha de ovos de ouro, se quiser que ela mantenha seu sustento. Há os que pensam: "Ah, imagina, vou pegar meu carro e pôr na empresa? Ela vai engoli-lo". Então, realmente você não tem de empreender. No entanto, se estiver disposto a manter sua empresa antes de se preocupar com seu bel conforto, então você é um empresário com futuro promissor.

Deixe que seus colaboradores ganhem também

Motive, mas não apenas com palavras, faça-o com dinheiro também. Eu vou bater palmas, dar parabéns quando um funcionário estaciona seu carro zero no nosso pátio, porque o sucesso dele também é meu. Isso significa um pouco mais para mim. À medida que conquista seus objetivos materiais, ele se sente capaz de alcançar novos patamares. Lógico, o resultado melhor será para todos os envolvidos no trajeto.

Por isso, tenho uma crítica a fazer ao mundo empresarial: em geral, os sócios têm alguns milhões e depois alguns trilhões. Contudo, seus funcionários continuam ganhando, em média, dois salários mínimos. O que eles pensam que estão fazendo? Deixem seus colaboradores ganharem também. Eu sou a favor de dividir, de compartilhar.

Como um milionário pode pagar um salário-mínimo a seus funcionários? Seus aliados sempre estiveram do seu lado, já passaram da fase de experiência. Eles se dedicam, produzem, vestem a camisa – e alguns, mais do que isso, já "tatuaram" a empresa na própria pele. No entanto, têm de morar a duas horas de ônibus do local de trabalho, porque é onde conseguem bancar o aluguel.

Cadê a meritocracia? Muita gente entende que o patrimônio é o prédio da empresa. Eu acredito que o patrimônio é quem está dentro dela. É fundamental partilhar seu sucesso, dar aos outros a chance de progredirem também, visto que eles seguram a base para que você possa se manter no topo.

Dentro de casa é a mesma coisa: como contratar alguém para preparar sua comida se não vai poder comer? Ela arruma sua cama, cuida de seus filhos, e você vai deixar que ganhe um salário-mínimo? Todos nós

O CATADOR DE SONHOS

149

sabemos que não dá para ter moradia, comida e condução com tão pouco. É a lei, mas o governo não é dono de sua consciência.

E à noite ela vai dormir numa casa com goteiras? Cara, não combina! É insano isso. Eu tenho amigos que já estão na letra B (são bilionários), mas cujo motorista ganha pouco mais que um salário-mínimo. Não dá! E a empregada doméstica ganha um pouquinho menos. Como é isso?

Eu diria que é mais do que uma questão de humanidade. É uma questão de inteligência. Um colaborador feliz vai produzir o dobro. E você vai ganhar muito mais. Eu ganho muito mais pagando bem. Ele trabalha motivado e zela pelo emprego. Não pode perder a oportunidade de ganhar aquele salário, então trabalha melhor e acaba saindo barato.

O funcionário da limpeza recebe dois salários-mínimos, porque acho inadmissível alguém ganhar menos que isso. E porque eu quero que sorria, trabalhe com energia positiva. Se estiver ganhando uma miséria, vai sorrir do quê? Por quê?

Se o colaborador não estiver qualificado para receber acima de dois salários, ele não serve para nós e não serve para ele mesmo. Entretanto, se eu perceber sua disposição para trabalhar, dou oportunidade e o trato com muito carinho.

Distribuir melhor ajuda a multiplicar

Se você é líder ou se destacou em uma posição privilegiada, mérito e sorte seus. Entretanto, com certeza, alguém menos preparado vem prestando algum tipo de serviço, remunerado ou não, em benefício do seu crescimento, conforto e bem-estar. Portanto, todo empresário bem-sucedido é direta ou indiretamente dependente de seu semelhante para construir seu "edifício".

Imagine como você se sentiria ao trabalhar oito horas diárias (ou seja, a maior parte de sua vida útil) à disposição de seu líder ou patrão, ganhando apenas um salário-mínimo. Provavelmente pensaria que nem podemos chamar nosso mínimo de salário. Tratar quem está nessa condição com o máximo de carinho e respeito é obrigação. Agora, querer que esse funcionário se dê por satisfeito é pedir demais.

Curioso notar que os mais insatisfeitos com tudo são os próprios empregadores. Agora vamos imaginar algo mais positivo. Já pensou se todos cedessem um pouquinho? Bastava repassar a seus colaboradores um pouquinho mais de seu resultado, de acordo com a dedicação, o empenho ou o interesse de cada um.

O essencial na vida de todos nós é conquistar uma casa para morar, um carro, comida na mesa e o sustento de nossa família. Daí por diante, o que acumular é consequência de muito trabalho. Chegou a algum lugar a mais? Procure, então, fazer o bem a mais alguém que está de seu lado, que caminha e sonha com você. Isso é somar energia positiva para uma base de sucesso.

O ambiente torna-se positivo e a empresa dá certo. Eu cuido dele, que cuida do negócio. Na hora que dá 17h01, fim do expediente, o colaborador nem se lembra de ir embora. Trabalha até 17h30. Quer que a empresa vá para a frente porque é lá que ele consegue três ou quatro salários para fazer o que deseja para a própria vida.

Preparando esse cara, dando carinho com disciplina e condição, ele vai garantir a sustentabilidade daquilo tudo que você construir. Eu transferi essa cultura aos meus filhos, que vão transferir à próxima geração, e assim fugiremos do sucesso vazio.

Eu não conseguiria ser feliz se fosse egoísta

Meu objetivo de vida, o que busco antes de qualquer lucro, é ser feliz. Quem diz que é feliz e bem-sucedido, mas é egoísta, ingrato com seus colaboradores, está se enganando. Quem diz que é feliz e bem-sucedido sem uma família que o acolhe, sem jogar junto na alegria e na tristeza, está se enganando mais ainda.

Você já pôde perceber que eu me recuso a usar a palavra NÃO, a dizer que não posso ou que não tenho como ajudar mais um pouquinho. Na minha casa, ajudo para que meus colaboradores melhorem de vida também.

Dona Mara, por exemplo, cozinha para minha família há doze anos, ganha acima do mercado em que está e tem seu automóvel. Com a Cleide, a arrumadeira, acontece a mesma coisa; e o Reginaldo, que era faxineiro

O CATADOR DE SONHOS

na JR, tornou-se caseiro e jardineiro, gosta de andar de moto, e consegue realizar o sonho de ter uma. Hoje ele tem uma carga horária reduzida na minha casa, e voltou a ter um turno como operador na JR Diesel.

Eles são felizes e nós também. Cuidam dos meus três filhos, genros e noras e quatro netos como se fossem deles. Se eu tiver um resfriado, me paparicam como se eu fosse um bebê. É tão fácil fazer algo por mais alguém! O universo devolve o bem que você faz o tempo todo, gira e retorna. O mundo é redondo, sim. Aquilo que você põe é o que vai voltar para sua vida.

Prova disso é que nossa família só prospera — a de sangue, a de amor e a família JR Diesel. Nossa empresa vai crescer ainda mais... Eu até fico acanhado de falar o número que vamos atingir nos próximos dois anos, agora que estamos terminando de saldar o passivo da concordata. Estamos nos lançando em uma nova fase de crescimento. Dizemos internamente que "Agora vamos brincar de crescer!".

Compartilho aqui uma história fantástica, que nunca divulguei em entrevistas, mas que mostra como o universo conspira para aumentar a felicidade de quem foge do sucesso vazio. Em 1989, eu e mais dez ajudantes trabalhávamos na preparação de um terreno que eu havia comprado para expandir a empresa. Estávamos pegando terra do metrô em construção na avenida Paulista, às 11 horas da noite, quando uma família parou numa caminhonete quebrada.

Interrompemos nossa operação para ajudar. Botamos o carro em movimento, e o homem ao volante veio dar caixinha. Eu disse: "Não, senhor, nós não fazemos esse tipo de serviço. Ajudamos com prazer porque está com a sua família. Vá com Deus".

O homem se emocionou com nosso gesto, me deu seu cartão de visitas e pediu que o procurasse quando precisasse. Também dei meu cartão a ele. No dia seguinte, vi que se tratava de um juiz de direito, mas nunca me importei com o cargo das pessoas. Ajudo sem cobrar (nem esperar) nada em troca. Não quero que ninguém me deva algo. Fiz porque quis. De coração. Se a pessoa voltar, ajudarei de novo.

Passados dois ou três anos, uma secretária que cuidava da minha documentação veio com a notícia:

— Chefe, você não vai acreditar. Moro na Zona Leste, e de manhãzinha ouvi um barulhinho na porta de casa. Minha irmã achou que era um gatinho, foi tentar tocá-lo no cesto, mas era um bebê. Ainda com o umbigo aberto, acompanhado de um bilhetinho pedindo "Cuide bem da minha filha".

Contei à minha esposa, e resolvemos ajudar. A criança já tinha passado pela delegacia e sido encaminhada ao S.O.S. Criança. Apresentava dezesseis tipos de infecção. Uma mulher de lá disse:

— Ela não vai aguentar.

— Por favor, me deixem cuidar dela – minha esposa pediu.

— Não pode, senhora. Gostaríamos, mas é complicado. A não ser que a senhora consiga uma autorização do juiz.

Conseguimos a autorização. Seis meses depois de termos tratado da criança, levado-a a bons médicos, estávamos na mesa, com o juiz e meus dois filhos, para adotá-la oficialmente. Daí, o juiz disse:

— O processo de adoção costuma ser complexo. O seu foi rápido porque o senhor foi muito bem recomendado.

Obra daquele homem da caminhonete quebrada que se tornara desembargador. E aí me deram a minha filha.

Ela é a minha paixão e é a paixão dos irmãos. Tem meu tipo de sangue. É da cor dos meus filhos, filha de branco com negro como eles. Ainda bebê, só dormia quando eu chegava em casa. Ela é um doce. Tirou o vazio que eu sentia desde meus 6 anos, da falta da minha mãe, que morreu repentinamente.

E olha que interessante: eu morava numa casa com tijolos à vista, e a minha filha quebrava todos os cantinhos da parede, para comê-los. Só andava descalça e sempre queria subir num banquinho para alcançar o congelador e pegar gelo para chupar.

Minha mãe também tinha esses mesmos três hábitos ou manias – além de um carinho todo especial com o meu pai. Minha filha cuidou do avô a vida inteira. Até hoje viaja de carro de Araçatuba, cidade paulista onde mora com o marido e a filhinha e fica próxima de nossa fazenda, até a cidade de Itapetininga, para visitar o túmulo dele. Este ser iluminado é

O CATADOR DE SONHOS   153

um entre os três maiores e melhores presentes que a natureza divina me deu, meus filhos.

Outra experiência riquíssima eu tenho com o João, amigo de meus filhos que oriento como se fosse minha cria. Como ele nasceu em uma família com muitas posses, dona de várias lojas, ele viajou muito, frequentou escolas "top" e aprendeu inglês. Formado em duas faculdades, estudou até os 30 anos.

O pai colocou dinheiro na mão dele para que empreendesse, mas não deu referências práticas, não o preparou com uma boa base emocional. João montou as próprias lojas, cresceu, gastou e se atropelou. A vaidade lhe subiu à cabeça e o fez desabar. O pai também descuidou e não pôde, por motivos diversos, manter a estrutura montada pelo filho.

Sem o suporte financeiro paterno, João ficou emocionalmente instável. Convidei o rapaz para trabalhar conosco por vê-lo num período depressivo. Ele não está preparado para não ter dinheiro. Faltou o único recurso que o colocava de pé, faltou tudo. Ficou sem referência.

João gostava de ficar comigo e com os meninos porque acreditava que nossa família transmitia energia boa e muita alegria, equilíbrio, diálogo, aproximação. Gente, esse cara já administrou com êxito dez lojas, só errou em algum ponto na estratégia. Então, acredito nele, até porque, como disse antes, ninguém desaprende a andar de bicicleta, e tenho certeza de que ainda será ótimo pedalarmos juntos.

Eu ofereci um salário com o qual pudesse se manter e ter um carro. Ele tinha potencial para chegar a diretor, bastava que tivesse humildade para aprender a mexer com nosso material. E eu sempre fui a favor de investir nas pessoas, quando acredito nelas. Prepará-las para fazerem aquilo de que você precisa para que os dois lados ganhem. Propus ao João: "Todas as pessoas têm conteúdo. Eu pego o seu, preparo para agregar ao nosso negócio e, lá na frente, você vai alcançar excelentes resultados para nós. Topa?".

Ele confiou no meu carinho. Seu salário já melhorou, embora ainda seja irrisório perto da renda que tinha no passado. No entanto, ele está evoluindo como profissional e como pessoa. E é tratado com uma disciplina que não conhecia. Por exemplo, tem de usar capacete, como qualquer outro funcionário, e tem horário para entrar. Chegou atrasado, volta para casa. E não pode fumar.

Regras, disciplina, mas com carinho. Um dia desses, por vaidade, ele se irritou e foi embora, mas nos mantemos firmes. Esse é nosso modelo. É assim que ele vai crescer. E demorará alguns anos para ter um salário como de um executivo, mas ele concordou e me disse que nesse ambiente tem referências, estrutura e disciplina militar, as quais, se tivesse tido lá atrás, não teria retardado seu sucesso.

Nosso querido João vem aprendendo a lidar com as pessoas, a fazer e receber carinho, a valorizar o profissional que faz a faxina, entendendo que não é só um número. Ganhou senso de limite e usufrui dessa relação de família que cultivamos na empresa. Ele se despede com selinho, igual a meus meninos, e me chama de "senhor". Nem o próprio pai ele chama assim.

O João é tudo de bom: um diamante bruto, que eu só estou lapidando. Precisa fortalecer sua estrutura psicológica e sua base como pessoa — porque negócio, ele sabe fazer. Já está no DNA dele. Tinha lojas e aprendeu com seus erros como empreender melhor. Profissional excelente, sabe muito sobre comércio varejista.

Ele tinha humildade dentro de si, mas não a exercitava. Hoje, está mais atento para não jogar bituca de cigarro no chão, por exemplo. E, se o fizer por um lapso, ele pega o cigarro, apaga, joga no cesto e diz: "Foi mal. Desculpe, você tinha acabado de limpar". Se bem que não seria o caso, visto que, como mencionei, ele não pode fumar, algo que faz parte de nossa cultura.

A referência de humildade engrandece a pessoa aos poucos e enriquece sua bagagem profissional.

Capítulo 10

Multiplique
sua visão

Você, que é ou pensa em ser empreendedor, me responda objetivamente: qual deve ser a razão de ser uma empresa? Por que ela existe? Se pensou que, antes de tudo, ela existe para enriquecer os acionistas, precisa ampliar sua visão urgentemente. A primeira função de qualquer instituição é social. A sua, a minha, a do vizinho, a da *startup*, a da família milionária, a do grupo de acionistas, o objetivo de todas elas deve ser melhorar a vida das pessoas, que, de alguma forma, interagem com elas.

Se você tiver competência para fazer isso, seu "edifício" será sustentável. O lucro vem como consequência da capacidade de cumprir essa função social da forma mais produtiva possível. Trocando em miúdos, cuide do capital humano para que trabalhem bem, que o dinheiro virá. Quem são as pessoas? Dos clientes à comunidade no entorno.

Um exemplo de que a função social é que faz o lucro aumentar ou diminuir: se você não tiver preocupação ética nem responsabilidade ambiental, vai arranhar a imagem de sua empresa perante colaboradores, fornecedores, compradores. Por consequência, perderá produtividade e dinheiro. Além de caminhar na contramão do que busca a sociedade e as leis atuais.

Não existe mercado sem pessoas. No meu caso, que é de empresa familiar, esse princípio tem várias particularidades que quero comentar. E já adianto que, no Brasil, as empresas familiares cresceram mais que a média mundial nos últimos anos. Elas podem avançar mais ainda se o empreendedor se preocupar em multiplicar essa visão com seus sucessores.

Forme sucessores, não só herdeiros

Eu tenho esposa e dois filhos trabalhando comigo, dezesseis sobrinhos que se formaram lá e hoje comandam negócios próprios, uma média de 180 colaboradores. Todos ficam de olho nos meus exemplos. Se eu jogar os fluidos dos caminhões no esgoto, como vou ter credibilidade para lhes dizer que sou sério? Ainda mais que eles sabem que esse esgoto, mais dia, menos dia, vai sair na casa deles?

No entanto, também não sou infalível. Tanto que faço aqui minha *mea culpa*: eu já eduquei muito mal meus filhos sobre dinheiro. Eles andavam de carro blindado, com motorista e segurança e fazendo bobagens. Ter enfrentado, em 2002, o mais sério dos meus problemas financeiros, obrigando-me a pedir concordata e sem verba para pagar a conta de luz, evitou que meus filhos se tornassem playboys sem noção de limites ou de trabalho.

Meu erro de estratégia tornou-se um presente. Pois o choque de realidade experimentado por meus filhos naquele período de vacas magras fez com que fechassem a torneira de gastos e viessem trabalhar comigo. Guilherme (nascido em 1986) e Arthur (nascido em 1984) amadureceram em todos os sentidos, tornaram-se independentes e promoveram uma transformação na nossa empresa e no mercado de reciclagem de autopeças.

Guilherme, que era quem aprontava, começou primeiro, com 14 anos. Ele não esquentava com nada. Arthur, que não aprontava, vestiu a camisa da JR Diesel dos 18 para os 19 anos, mas teve rápidas passagens antes disso para aprendizados. Hoje, recomendo aos pais que levem os filhos para trabalhar com eles na primeira oportunidade.

Numa fase em que tinha ganhado um bom dinheiro, em vez de mandá-los para a Suíça ou para qualquer instituição estrangeira, disse: "Sentem aqui, que vamos conversar. Vocês são meus filhos e não vou abrir mão disso"

Por que terceirizar o papel de pai? Ao ser educado a distância, seu garoto voltará para cá adulto e você passará a ser só um conhecido dele. Claro. Perdeu a essência, o contato, o carinho. E o pai perdeu a melhor oportunidade da vida que é conviver, ser feliz com ele. Ter um filho formado em Harvard ou Cambridge é lindo, não? No entanto, ele se

O CATADOR DE SONHOS

torna o que seu? O vínculo enfraquece de um modo, que, muitas vezes, não tem volta.

Eles vão ficar aqui, comigo. Eu não vou mandar ninguém para a Austrália nem para o Vale do Silício. Não curto certos exemplos de pessoas bem-sucedidas sobre terceirização do papel de pai. Tenho amigos que se tornam tão pobres, mas tão pobres, porque só têm dinheiro. Falta todo o resto.

Eu já ouvi sobre donos de organizações na quarta idade, em tratamento de saúde, tocando sua empresa, sem saber o que fazer porque terão de se aposentar. Enquanto o filho se diverte numa cabana nos Alpes Suíços, ele entra em depressão. Dali a pouco o herdeiro desce do avião e enfia os pés pelas mãos. Gasta à vontade e não sabe gerir um negócio importante. Faz sentido: ele nunca esteve lá.

Por que vemos grandes empresários menosprezando a paternidade e depois se sentindo tão solitários? Seu maior patrimônio é o filho, e ele despachou para longe? Para que serve o dinheiro? Delegar a responsabilidade de educar e o prazer de amar sai caríssimo! Alguns usam o argumento de que é necessário esse distanciamento para dar liberdade, autonomia, falar inglês. E o amor, fica em qual lugar nessa fila?

Traga seu filho com você, porque poder construir "edifícios" juntos é uma felicidade para ambos. Sempre trouxe os meus comigo. Sou apaixonado por eles. Eles estudaram, formaram-se, casaram-se, já são pais e estão assumindo o meu lugar brilhantemente. As passagens aéreas? São de ida e volta. Viajam para fazer cursos rápidos, visitar empresas e feiras, aumentar o conhecimento sobre o fantástico universo da reciclagem. Depois, aplicam esses conhecimentos no Brasil.

Com menos de 50 anos eu já estava passando o bastão dos negócios, feliz da vida. Sucessão de filho e sucessão de herdeiro não são a mesma coisa, na minha visão. A primeira é bem-sucedida porque começou a ocorrer com o filho desde pequeno.

Um empresário que deu esse bom exemplo se chama Júlio Simões, do grupo JSL. Seu filho Fernando trabalha lá desde os 16 anos. Conheço bem a família. É a maior empresa de logística do país; e durante esse processo de crescimento as experiências e responsabilidades foram passadas de um para o outro. Hoje, Júlio deixou investimento externo e também sucessão. Assim você fica rico duplamente. E Fernando vem fazendo o mesmo com seu filho, o Júnior.

Com herdeiro, visualizo uma situação diferente: geralmente é aquele jovem que veste terno cheirando a novo, cai de paraquedas na cadeira de diretor e tem de assumir o rojão porque é a vez dele. Não sabe cuidar das pessoas, não tem consciência de sua função social. Muito melhor seria se ele tivesse percorrido as áreas, aprendido com humildade e, principalmente, experimentado enquanto não tem a caneta definitiva. Prefiro esse segundo modelo.

É verdade que às vezes os filhos não se identificam, não têm paixão pelo negócio. Nesse caso, não vale a pena forçar. Há tantas oportunidades! Eu sou sucateiro, empresário, mas se o Guilherme ou o Arthur não gostassem de fazer isso, ou sentissem que sua vocação está em outro tipo de trabalho, eu aceitaria. O que pode acontecer é deixá-los sem fazer nada. Ou muito menos despachá-los para longe, no pretexto de liberdade, aprendizado ou qualquer tipo de informação, terceirizando a nossa função de pai.

Tenha diretores e filhos

Para minha felicidade, meus dois filhos, aos poucos, se revelaram feras como gestores e se apaixonaram pelos desafios da reciclagem de autopeças no Brasil. Além disso, ambos têm habilidades e estilos bem diferentes, mas complementares. Que sorte a minha!

Arthur é mais executivo, estratégico, atento a novos negócios, com olhos voltados para a expansão da empresa. Ele dirige a área de marketing e desenvolvimento. É quem viaja, vai às convenções. Guilherme é diretor comercial e operacional. Tem um pouco mais de mim, de empreendedor meio louco. É o cara que fica mais na linha de frente das vendas e do fluxo da reciclagem.

Costumamos brincar nas reuniões que o Arthur pensa em novos negócios, marketing, networking, mas o Guilherme é quem trabalha! Como ele coordena o comercial, senta à mesa e diz: "Se não sou eu nesta família. Vocês dependem de mim! Todo mundo aqui depende de mim!".

O CATADOR DE SONHOS

Brincadeiras à parte, os dois se respeitam muito.

Guilherme passou por todas as áreas: da lavagem e desmonte de caminhões ao departamento de vendas. Ambicioso, me pediu para trocar a mesada por comissão. Sua motivação era comprar um Porsche. E bem na época em que eu estava quebrado. Mantive a motivação dele, dizendo: "Isso, filho, compra mesmo". E fiz um cálculo de quanto ele receberia para cada venda que concretizasse.

Guilherme participa do comercial da empresa desde adolescente. Ele me acompanhava nas conversas e atividades mais simples e se envolvia. Ia me copiando e conseguindo melhorar os processos. Não ficou esperando que eu lhe cedesse a vez. Foi conquistando seu espaço de um modo tão competente que, em determinado momento, eu não precisava mais estar na linha de frente. Podia delegar, porque em poucos anos ele já liderava o negócio muito melhor do que eu.

Uma de suas grandes qualidades como diretor comercial é sempre vender aquilo de que o cliente precisa. Ele é bom ouvinte, preocupado em atender bem até que descobre qual é a necessidade – e a venda acontece, para a felicidade de ambos os lados. Outra qualidade é nunca se conformar com o bom. Gosta de nos desafiar a subir a régua das expectativas de lucro, de entrega, de produtividade. É estimulante trabalhar com Guilherme porque ele sempre quer mais, sempre busca mais: para si próprio e para a equipe.

Guilherme já tinha uma situação financeira muito melhor que a do irmão, que chegou à empresa ganhando mesada. Dirigia uma Mercedes aos 18 anos. No entanto, a primeira exigência que fez foi que eu dividisse o salário dele a fim de dar valor igual ao Arthur. Argumentou:

— Ele já namora sério, logo vai querer se casar, precisa comprar uma casa. Deixe que ganhe dinheiro também.

— Não, filho. Ele precisa aprender primeiro. Há quantos anos você está aqui?

— Ah, pai. Eu não penso em casar, sou baladeiro. Divide o meu com ele e vamos trabalhar juntos.

— Não, filho. Para começo de conversa, não tem nada a ver com você. Os horários dele serão diferentes, por causa da faculdade.

Contudo, ele insistia. Eu pensava que não era justo, então não mexi no montante de um, mas deixei que o outro ganhasse igual. Daí fizeram festa! Até hoje faturam igualmente. A comissão de um vale para o outro. Arthur não sabe nem quanto ganha. Tem segurança de que o irmão sabe negociar, então ele vai se dar bem também.

São meus filhos, e vou entender que, dentro da empresa, eu me reporte a eles apenas como diretores. O desenvolvimento do meu negócio caminhou com o da minha família, e por causa dela. Não o contrário. Essa teoria de que coração e razão não podem se misturar não me convence. Tenho só um cérebro, que não faz essa separação.

Além disso, sou defensor de que não adianta nada ter dinheiro se não foi possível deixar algum legado mais valioso do que isso aos filhos. Quem cria os seus compensando a ausência física e a falta de afeto com dinheiro, quando esse recurso acaba, não tem os filhos, não tem estrutura, não tem base.

Muitos executivos preparam negócios, projetos, softwares e sistemas, mas se esquecem de que no meio disso tudo existem pessoas, a começar pelas da própria família. Isso faz perder a sensibilidade, a afinidade, o preparo, o calor humano. João, aquele amigo dos meus filhos e funcionário que preparo para ser diretor, a respeito de quem falei no capítulo anterior, não foi preparado como pessoa. E essa referência faz falta na relação da sucessão.

Sem chance de brigar

Quantas vezes ouvimos falar de sucessores brigando? Sua autoridade vai valer muito mais se tratar seus filhos com carinho, em vez de criticá-los e atiçá-los a disputar poder. E isso naturalmente favorece a disciplina, porque um aprende a não invadir o limite do outro e há empatia. Você se dá ao respeito pelo exemplo e posicionamento claro; e, assim, consegue liderar.

Há um clima de harmonia pessoal e profissional permanente entre os Rufino, fruto de uma educação à moda antiga que trago da minha criação. Quando os meninos eram pequenos e brigavam, a mãe criou uma

O CATADOR DE SONHOS   163

solução genial, que eu copiei: tinham de ficar abraçados até dormirem. Depois de crescidos, para evitar esse constrangimento, simplesmente não discutem mais.

Certa vez, enquanto eu estava numa reunião fora, os dois se desentenderam – na frente dos outros. Um tinha 20 e o outro, 22. Chamei-os na minha sala, fiz aquele sermão de pai, ouvi desculpas e disse:

— Agora, vocês já sabem qual é o castigo.

— Como? Castigo? Mas pai... nós já somos adultos.

— Se fossem adultos, não estariam brigando.

Um olhou para o outro e se abraçaram; chegou uma hora em que nós três começamos a rir. Foi a única vez, na história da empresa, em que tivemos uma cena assim. Não há briga e não se discute questões materiais em família. Eles querem a minha opinião para decidir e agem com equilíbrio e bom senso para beneficiar a todos. Os dois me chamam de papai. Dão selinhos de cumprimento. São meus parceiros. Hoje, cuidam da empresa, e eu cuido deles.

Você acha que sou um privilegiado? E como fazer para essa "sorte" continuar? Basta dar manutenção de pai e de empreendedor mais experiente 24 horas por dia. Estar próximo e presente é fundamental, não dá para terceirizar; além de me fazer muito feliz.

Em 2012, meus filhos montaram uma empresa só deles, a JR Reman, aproveitando nossa expertise na logística reversa de autopeças, na comercialização delas e na exploração de nichos específicos. Esses três pilares de conhecimento chamaram a atenção das indústrias de remanufaturados (que reaproveitam peças usadas), interessadas em fomentar esse mercado, que ainda engatinha.

Com isso, a JR Reman tornou-se a primeira distribuidora especializada em autopeças remanufaturadas. Está sediada dentro do espaço da JR Diesel, mas tem equipe e CNPJ próprios; e eu subsidio. Eles trabalham muito, mereciam ter também um negócio só deles. Até porque eles aprendem a administrar e crescem como empresários. É diferente de atuar na empresa da família, embora conciliem os dois desafios.

Como *"pai*trocinador", coloquei a eles a minha condição:

Vocês vão montar uma empresa paralela, correto? Lembram-se do castigo de ficarem abraçados? Não podem brigar por dinheiro nenhum, por retirada, por investimento. Precisam sentar e conversar. No dia em que o resultado da empresa, o dinheiro, o patrimônio importarem mais que esse carinho que um tem com o outro, acabou a JR Reman. Se eu souber que vocês se desentenderam, fecho a empresa no dia seguinte. Estamos entendidos? Então, boa sorte!

Em vez de disputa, um protege o outro de um jeito que você não tem noção! E os dois protegem a irmã, que nem trabalha. Ela se casou e engravidou cedo, mora no interior paulista. Quando vi o contrato social da empresa deles, reparei que haviam destinado 20% dela à irmã. Como ajudei a montar, os dois acharam justo dar um pedaço para ela. Eu não esperava por isso.

É por esses motivos que digo que o que perdi naquele projeto das concessionárias que não vingou ganhei em dobro fortalecendo os laços familiares e mudando minha estratégia para a empresa. Olhei positivamente aquela fase de dívidas, como um aprendizado para me recolocar no trilho do crescimento e principalmente para unir e fortalecer a família.

Negócio como extensão da família

Não adianta um empresário dizer que seus filhos não podem brigar, se dentro de casa eles cresceram vendo o pai e a mãe em pé de guerra. Esposa é uma só, e a minha está comigo há mais de trinta anos, e não dormimos nem de costas um para o outro. Eu tinha 21 anos quando a Marlene, aos 14, substituiu a irmã como balconista no quiosque do Teste de Personalidade, negócio que eu gerenciava no shopping. Guerreira, me acompanhava nas quatorze, dezesseis horas de trabalho por dia.

Nossos três filhos foram ao nosso casamento oficial, que só ocorreu dez anos depois. Já vivíamos unidos pelo coração. Festa, documentação e outros rituais tinham alto custo, e eu estava focado em ganhar dinheiro para sustentar nossa família. Hoje, Marlene faz a auditoria financeira da JR Diesel. Quer dizer, é a minha mulher e mãe de meus filhos quem cuida do nosso dinheiro — então, de certa forma, manda nos homens da casa.

O CATADOR DE SONHOS

Este é outro ensinamento importante a passar aos filhos: valorizar a mulher, que não tem nada de sexo frágil e é quem melhor cuida de todos. Nossa cúmplice. A Marlene, então, tem a força e o carinho que eu amava na minha mãe. Não só o patrimônio deve ser principalmente das mulheres da família, como quase metade do nosso quadro de funcionários é feminino.

Inventaram que Deus era homem e que elas sairiam da nossa costela, fala sério! A mulher é muito melhor no que faz. No entanto, olhando para nossa sociedade atual, não tenho tanta certeza de que os filhos de hoje cuidem da mãe como ela cuida deles. Se você for pai, faça-os aprender a dar esse valor.

E há muitos na nossa família. Somos ao todo 150, entre irmãos(ãs), cunhados(as), sobrinhos(as), cônjuges. Nós nos reunimos na cidade de Itapetininga, onde temos sítios vizinhos sem cerca. Instalei papai lá nos anos 1980, daí meus irmãos compraram terrenos em volta e construíram casas próximas umas das outras. Somos amigos e todo mundo cuida de todo mundo.

Meus dezesseis sobrinhos, por exemplo, aprenderam na minha empresa até que abriram negócio próprio. Todos são financeiramente independentes. Eu os oriento até hoje. Veja que essa referência de estrutura familiar que meus filhos vivenciavam em casa desde pequenos continua, e os negócios são consequência.

Eles sabem que nada justifica inverter essa ordem. Ela só ajuda a dar continuidade aos negócios. Se tudo isso for reduzido a números, é só uma questão de tempo para a empresa ser vendida ou acabar. E você talvez nem escute mais falar dela. Eu tenho saudade da rede de lojas Mappin, fundada por dois irmãos ingleses, depois vendida com prejuízo a um brasileiro que fechou as portas em 1999, junto com a Mesbla.

Os jovens farão melhor do que você

Enquanto alguns empresários sofrem para desapegar daquilo que construíram, ficam inseguros por causa da inexperiência dos mais jovens, eu delego. Acredito que, se eles quiserem aprender, vão fazer melhor.

É o que faz um articulador de oportunidades: deixo que as pessoas se desenvolvam. Com meu conhecimento do negócio, minha vivência e minha vontade de ajudar, oriento e repasso tudo aquilo que posso. Acredito muito nisso – e ainda mais na inovação que os jovens trazem.

Às vezes, internautas que estão iniciando seus negócios me pedem orientações pelo Facebook ou via chats. Conversamos muito, e também aprendo com essa troca. Aproveito para refletir: "Será que estou fazendo a lição de casa que recomendo a eles?". Todos nós precisamos de mentores, gente em quem queiramos nos espelhar. E podem ser vários... Eu tive uma dúzia deles. Desde meu pai, meus patrões e superiores, meus amigos e até meus filhos.

O que você vai copiar de quem admira? Às vezes, eu me pego olhando para o Arthur e o Guilherme e querendo ser e seguir o exemplo deles. Nessa determinação, eu os ajudo tanto como filhos quanto como diretores a buscar formas inovadoras e eficientes de fazer aquilo que eu quero. Uso o termo carinhoso "papai quer" ou "papai não quer".

Lembro como se fosse hoje do dia em que o Guilherme me apresentou sua meta de vendas para o mês vigente. Como de costume, achei maravilhoso. Depois da empolgação, analisei com frieza, de forma matematicamente correta, e concluí que era boa demais. Materializá-la seria difícil, pois estava muito acima do padrão do mercado.

No entanto, como um otimista e pai-líder-coruja que sou, preferi não me expressar quanto ao número exagerado. Optei por mantê-lo motivado e ainda passei a cobrá-lo. O mês terminou e, para a minha positiva surpresa, ele e sua equipe alcançaram o excelente resultado. Foco, meta, fé e muito trabalho é igual a sucesso!

E se eles errarem? Vou apoiá-los. A gente aprimora, cresce, se estrutura à medida que corrige as próprias falhas.

Arthur já disse em entrevistas que deleguei praticamente 100% dos negócios de inovação nas mãos dele. Dei a oportunidade de buscar informações de diversas origens e cruzá-las como quisesse até nascer algum tipo de inovação: seja na imagem do setor, seja numa nova tecnologia aplicável ao negócio.

De 2009 a 2011, ele visitou nove países para analisar o conceito de desmanches em cada um deles. Esteve em congressos e seminários do setor. E cada vez que sentava para aprender, contou que muito dos meus ensinamentos vinham à sua mente. Por exemplo, este: queira saber o que o profissional está fazendo de bom; esqueça o que ele faz de ruim.

Em 2009, disse ao Arthur uma frase que ele considera inesquecível: "Eu quero que você seja a referência como maior conhecedor do desmanche automotivo no Brasil".

E aconteceu. Começamos a ser convidados para discutir leis, dar palestras sobre o assunto. Nossa empresa tornou-se essa referência, personalizada na figura dele.

Já o Guilherme exalta em entrevistas a nossa organização. Nas palavras dele: "Queremos atender as maiores empresas do mundo. Sem essa organização, não consigo dar informação, não consigo atender. Meu pai é ousado. Arrisca. Explico uma ideia para elevar as vendas, depois ouço 'pode fazer'. Ele já conseguiu imaginar como será o resultado. Esse *feeling* dele faz com que eu queira surpreender ainda mais os clientes".

Realmente nunca vou me contentar com a minha situação atual. Posso lhe garantir que não paro por aqui. Para dar um exemplo, em 2014 procurei meu amigo, consultor e mentor Marcelo Cherto para desenvolver a ideia, que partiu dos meus filhos, de replicar e disseminar os conceitos da JR Diesel pelo Brasil. Queremos ser um *hub*, ou seja, um canal comercial forte digital ou presencialmente, num modelo inovador entre os de franquia e representação, como se fossem pequenas JR Diesel por todos os lugares onde precisarem de peças para caminhões e ônibus. E são muitos!

Entregue todo o conhecimento

Não deixe nada na manga. Se eu tivesse medo de ser copiado, não traçaria essa estratégia de ampliar para outros mercados a nossa expertise com peças de caminhões. Estamos numa fase bem produtiva, que é reforçada pelo interesse de empreendedores internos e internacionais de entrarem nesse mercado e pelo reconhecimento das autoridades de que esse segmento é importante, abandonando o preconceito.

Além disso, há vários recicladores de autopeças que estavam na informalidade e agora buscam se formalizar, e ainda há aqueles sem perspectivas que já começam a perceber as oportunidades. Quer dizer, vêm acontecendo muitos movimentos positivos ao mesmo tempo. Seguramente esse mercado vai crescer e se transformar muito mais.

O caminhão é só um produto. Temos muitos outros veículos, como utilitários e carros importados. Tudo isso precisa ser mais bem explorado no segmento de reúso de peças. Há tanto trabalho a fazer, que a minha geração não vai conseguir dar conta, nem a geração de meus filhos. Por isso, acredito que qualquer pessoa disposta a se instalar, aprender, formalizar e trabalhar direito (com ética e qualidade) poderá usufruir muito de uma fatia de mercado da qual estou tirando só uma faísca.

Essa perspectiva não me assusta nem me preocupa. Ela me motiva. Primeiro porque, para algum concorrente ter o mesmo nível de resultado da JR Diesel, vai demorar muito tempo. Tem gente que diz: "Aquele sujeito tem banca na feira e está milionário".

Eu aviso: "Até você aprender como ele fez, até entender como vender mais bananas que todos os outros, esse milionário poderá dormir sem se preocupar com concorrência. Ele não foi lá no mato, arrancou um cacho de bananas banhado a ouro e veio vender. Existe um histórico".

Voltando ao nosso negócio, faz vinte anos que estamos focados, disciplinados e determinados em aprender como fazer. Ao passar esse conhecimento a mais alguém, reaprendemos mais um pouquinho enquanto o outro começa a entender.

Portanto, não há chance de ficarmos para trás. E quanto mais gente vier, quanto mais o mercado se aquecer, quanto mais houver abertura por parte das autoridades, mais bem posicionados nós da JR Diesel estaremos. E nós temos segurança de aonde queremos chegar, porque nossa base, nossa fundação foi bem-feita.

É uma nova frente, uma enorme oportunidade para tantos empreendedores. Na realidade, nosso segmento ainda não existe em termos de relevância no Brasil, e é por isso que represento "um ponto fora da curva". A minha empresa está sozinha. É como se eu pegasse um "binóculo" e não visse ninguém se aproximar.

Então, tem muito espaço para quem quiser chegar. Independentemente de eu ter o perfil de ajudar, de ensinar mais alguém a fazer, há espaço demais. Tenho muito prazer em repassar o que a gente aprendeu, o que chamam de *know-how*, porque nos dá a oportunidade de reaprender, revisar, renovar.

Não é à toa que temos tantas conversas, tantos treinamentos técnicos, tantas propostas de parceria em andamento. Nossa casa está aberta a quem pensar positivo, acreditar e trabalhar honestamente.

Como tornei meus filhos empreendedores de sucesso

Atualmente, Guilherme e Arthur estão à frente de nossa expansão. Falam com segurança, fazem estatísticas, projeções. Destacam aos outros que tive muita visão quando decidi que a JR Diesel não seria um ferro-velho, inovando bastante todo o setor. E eu digo que eles estão dando continuidade a essa história de empreendedorismo e agregando valor, com competência, garra e juventude.

Como diretor comercial e operacional, Guilherme tem grande responsabilidade nos mais de 50 milhões de reais que faturamos anualmente. E Arthur percorreu nove países para nos contar que, em cada um deles, o desmanche tinha leis, práticas comerciais, técnicas, consumidores e fornecedores diferentes. Nenhum desses modelos se encaixava na realidade brasileira, mas todos tinham algo para copiarmos e melhorarmos.

Nos Estados Unidos, o setor ocupa a 17ª colocação entre os mais fortes da economia, movimenta bilhões de dólares e tudo é regulamentado. No Japão, há empresas com ações na Bolsa. Na Alemanha, as montadoras dominam a atividade de desmanche e há uma feira sensacional. A Hungria faz convenção desse negócio. Por que só aqui é marginalizado?

Ele reuniu esse valioso volume de informações, documentadas com fotos, filmes, histórico, levantamentos; foi se estruturando e se relacionando, até que fundou a Associação Brasileira de Desmontagem e Reciclagem Automotiva (Adera). Buscou o apoio de deputados e contribuiu na montagem do projeto substitutivo de desmanches no estado de São Paulo, conforme contei no capítulo 6.

Além de moralizar a atividade e ter uma preocupação ambiental séria (pois a natureza não aguenta mais, é preciso reciclar), a Lei dos Desmanches trouxe vantagens paralelas, como a expectativa de reduzir os roubos de veículos, o que deve derrubar o preço dos seguros entre 10% e 20%.

E nós descobrimos que há inúmeras formas de trabalhar em conjunto com o poder público. Atualmente, Arthur busca benefícios fiscais para o setor e procura aprimorar matérias derivadas da Lei. Todo orgulhoso, ele me disse: "Ponto para o desmanche, que migrou das páginas policiais para o caderno de negócios".

Depois desse mergulho global do meu filho no segmento, investimos em tecnologia e reorganizamos o negócio. Gastamos 6 milhões de reais entre janeiro de 2010 e junho de 2011 na reconstrução do espaço físico, na implantação de sistemas e na contratação de consultorias especializadas em gestão.

Com isso, a JR Diesel ganhou ares de um centro de logística – com padrão hospitalar, como gostamos de dizer. Todos os equipamentos ali vendidos são rastreados, com certificado de origem e garantia. O CEO do meuSucesso.com, Sandro Magaldi, nos fez uma visita e comparou a empresa a um laboratório, pois não encontrou uma gota de óleo no chão, nem produtos amontoados e empoeirados.

Evoluímos muito. Hoje, quando recebemos grupos de executivos de outros países, meus filhos dão uma aula sobre o setor. Numa feira internacional, Arthur mostrou fotos da JR Diesel a norte-americanos de uma companhia fortíssima nesse segmento, com ações na Bolsa e faturamento na casa dos 5 bilhões de dólares. Eles quiseram nos visitar, tentaram comprar nosso negócio, depois se tornaram nossos amigos. E, de tão encantados com Arthur, até fizeram a proposta de eu "ceder" meu filho, para que fosse aplicar nossa expertise nas centenas de lojas deles.

Jamais! Antes da empresa, temos uma família. Se mexer com ela significa que não valeu a pena eu ter investido a minha vida num negócio. Proteger nossa essência é cuidar de nosso maior patrimônio; e nossos colaboradores também precisam de nossa liderança. Queremos

O CATADOR DE SONHOS

ainda elevar a conscientização ambiental em nosso país, pelo bem das próximas gerações.

Todos já sabem sobre o impacto ambiental causado pela produção dos bens que consumimos, mas poucos têm a ciência de que é possível reduzir nossa "pegada de carbono", ou melhor, a quantidade de poluentes emitidos no meio ambiente para atender às nossas necessidades.

Um conceito aplicado na América do Norte que tem conquistado adeptos no Brasil é o da peça verde. O canadense compra peças usadas porque custam mais barato, óbvio, mas também para evitar que mais carbono seja emitido com a fabricação de novas peças.

E um centro de desmanche de veículos de alta eficiência, como o nosso, apenas 5% do volume do veículo é destinado a aterros ou à incineração no caso de materiais contaminados, o que significa um altíssimo aproveitamento de peças e materiais. Além disso, são evitados problemas com o acúmulo de veículos apreendidos ou abandonados, que se tornam berçários de insetos e animais que espalham doenças, de ratos a mosquitos da dengue.

Por tudo isso, só se eu fosse louco para não acreditar no potencial desse mercado. Eu acredito, meus filhos e colaboradores também. E cada vez mais clientes nos incentivam a melhorar um pouquinho hoje e sempre.

E eu quero deixar esta mensagem final para você, que me acompanhou até aqui: você precisa acreditar.

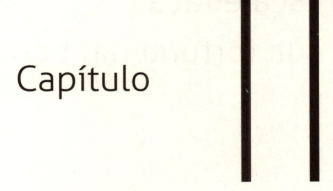

Cresça e faça
sua fortuna também!

Quem não quer levar uma vida material com abundância ou no mínimo sem passar necessidades básicas, sem preocupação? Se você escolheu fazer voto de riqueza, não de pobreza, pensando em ajudar a si e a mais alguém, está autorizado a copiar tudo de útil que encontrou nestas páginas. E tem todo o meu apoio para adotar novas atitudes e também fazer sua fortuna.

A qualquer um que pretenda chegar ao topo do edifício, a regra é clara: precisa dar o primeiro passo na direção desejada. Pode ser guardando simbolicamente a primeira moeda que conquistar hoje, que tal? Com humildade, determinação e muito trabalho, ela será a primeira de muitas! Quantos profissionais foram enchendo potes de ouro começando com valor igual ao que você dispõe no banco ou até menos? Eu, por exemplo.

Fui da reciclagem de latinhas do aterro sanitário à automotiva, empreendendo sempre. Comando uma empresa que cresce no mínimo 2% ao mês, com faturamento anual de mais de 50 milhões de reais. Detalhe: sem arriscar meus maiores patrimônios, que são minha saúde e minha família, e ajudando meus colaboradores a ganharem também.

Seguindo a filosofia do carinho com disciplina, digo com orgulho que eles reciclam mais de mil caminhões por ano (cada um é desmanchado em menos de três horas), número que nos coloca na liderança desse mercado no Brasil e na América Latina. E que venham agora muitos ônibus também! Estamos preparados e motivados.

É essa motivação que desejo a você. É 100% possível vencer mudando o foco do problema (crise) para a solução (aquela que melhor atenda seu sonho). Pratique, exercite, e aproveite cada mínima oportunidade que passar na sua frente. Ou como costumo dizer: aceite as oportunidades. Elas estão ali, esperando você dizer sim.

Faça disso uma rotina e incentive mais gente a segui-lo. A começar por seus filhos, que devem estar próximos e participar desde cedo da sua luta por 1 dólar a mais todos os dias. Sua família estará comemorando os resultados, ainda mais unida, em breve.

E mais: não tenha medo de fazer sua fortuna e, menos ainda, de dividi-la. Não apenas o sol nasce para todos como o dinheiro pode passar pela mão de todos. Somos potencialmente iguais. Quem percebe isso sai na frente, faz sua parte, lidera um grupo de vencedores — enquanto os outros lamentam, por não acreditarem ficam estagnados, mexa-se, vire-se, você não é um poste!

Você ganha tempo sendo proativo

Crise já assustava nossos pais quando nós nascemos, mesmo assim chegamos todos até aqui. O que prova que somos muito MAIORES do que ela, simples assim. Crise é prato cheio para as análises dos economistas. Eles são pagos para isso. Você, não.

Além disso, vivemos num país jovem, com potencial de crescimento muito além de vários outros mais antigos. Os investidores sabem bem disso. No entanto, tem gente que acha impossível, que a macroeconomia não tem mais jeito e quer sair do Brasil. Você não precisa ser um deles, pois pode enriquecer aqui mesmo.

E aí, você está vivo? Que bom! Movimente-se e aceite que o mais inteligente a fazer é cuidar da sua microeconomia, pois ela está no seu controle. E, mesmo que venha um novo vento, esse também vai passar. Aproveite as oportunidades, antes que elas passem também.

Como é do conhecimento de todos, o relógio só avança. Gosto muito desta frase atribuída ao jornalista Pedro Bial:

"Não existe falta de tempo, existe falta de interesse.
Porque quando a gente quer mesmo,
a madrugada vira dia. Quarta-feira vira sábado
e um momento vira oportunidade".

Você cresce junto com um mercado em expansão

Converse com empreendedores de visão, leia as notícias procurando enxergar o que os acomodados não veem, observe a necessidade das pessoas ao redor, viaje para conhecer e copiar o que fazem de bom lá fora. Há várias áreas promissoras aqui no Brasil.

Como exemplo, podemos analisar a crise hídrica. Ela não poupa ninguém nem nenhuma empresa atualmente, mas tem alavancado segmentos que contornam a questão das torneiras secas. Empreendedores que fornecem caixas d'água, calhas, reservatórios, caminhões pipa, galões de água mineral estão assistindo a uma explosão de demanda por causa da possibilidade latente de racionamentos e da conscientização de que esse recurso está mais escasso que nunca. Há caminhões e caminhões-tanques, ou seja, pode contar comigo.

Outro mercado excelente é, sem dúvida, o meu. Como já contei, a JR Diesel nasceu numa região cercada por desmanches de todos os tipos. Ainda é um negócio marginalizado no Brasil e, desde o início, eu me preocupei em não tirar nada de ninguém. Apenas conduzi minha empresa do jeito certo, e essa decisão impulsionou nossa história empreendedora – e o próprio setor.

Desde a regulamentação do setor de desmanches, em janeiro de 2014, os cerca de 6 mil estabelecimentos em funcionamento no estado de São Paulo tiveram de passar a cumprir regras ambientais, entre elas o levantamento do nível de contaminação do solo, além de realizar o credenciamento junto ao Detran e à Secretaria da Fazenda, identificar as peças retiradas dos veículos e emitir notas fiscais das vendas realizadas.

Isso fez com que os estrangeiros crescessem ainda mais os olhos para esse mercado, por causa do potencial gigantesco. Prova disso é que nossa empresa, mesmo sendo a número um em reciclagem de caminhões, não consegue atender nem 30% da própria demanda. Portanto, há oportunidades. Trato abertamente disso aqui, porque todo mundo pode tentar, tem para todos e muito.

Como eu gosto de ajudar, procuro trazer mais pessoas para perto e prepará-las. Na JR Diesel, promovemos cursos, treinamentos, pedimos que os colaboradores estudem. Nós também partilhamos nosso *know-how* com empreendedores que desejam vir para o segmento ou estão nele, mas querendo crescer de maneira séria. Dispomos de estrutura com sala de aula, em que selecionamos interessados nesse segmento para que se sentem conosco e aprendam como agir corretamente.

E o que nós fizemos? Copiamos, melhoramos, simplificamos, valorizamos os colaboradores, fomos ver no resto do globo melhores práticas desse segmento (os veículos não vieram de fora?), atentamos para a questão de regulamentação brasileira. Procuramos, com recursos próprios, mostrar aos órgãos competentes como o país pode progredir e chegar mais próximo do que já se pratica em muitos países. E ainda ensinamos a quem quer entrar nesse negócio, pois há lugar para todos.

Nosso desafio do momento é a expansão comercial da empresa. Vimos que podemos desmontar mais: chegar a 10 mil caminhões por ano, para ter estoque suficiente para atender melhor a demanda brasileira. Queremos que o cliente tenha na cabeça a JR como solucionadora de problemas, e não apenas como loja de peças usadas.

Acredito tanto que vamos expandir muito mais, que costumo dizer:

— Enquanto houver vida humana e alimentação, tem caminhão. E tem JR para poder dar manutenção.

Encontre também um mercado em expansão com o qual se identifique e sua motivação será ainda maior.

Você deve criar uma corrente de prosperidade

Para empreender com sucesso, também pense positivo. Trata-se de uma alavanca diária que o ajudará a sair da cama disposto a concretizar seus objetivos com muito mais ânimo e determinação. Portanto, o positivismo não se resume a um pensamento, ele transforma a ação.

Além disso, muitos vão se aproximar para aproveitar um pouco da sua luz e da sua energia boa. E, assim, você formará uma corrente de prosperidade.

Pense grande. Imagine-se vencedor. Visualize-se em situações de absoluto sucesso pessoal. Repita palavras construtivas para condicionar seu subconsciente a trabalhar nessa direção. Esteja sempre entusiasmado, positivo e confiante, que o universo vai corresponder.

Contudo, não guarde esse poder só com você. Mostre sempre o lado bom das coisas. Não reclame nem fale mal dos outros. Também não dê espaço para comentários negativistas, afaste o lixo mental. Esteja sempre preparado a colaborar.

Lembre-se de que, mesmo com tantos avanços tecnológicos, seu negócio e o país vão continuar precisando das pessoas para caminhar. Convido-o a se preocupar junto comigo em preparar as novas gerações, para substituir os desonestos que estão por aí. Deixe-os para lá, eles vão se autodestruir, morrer do próprio veneno.

E, se você trabalha numa grande empresa, comece empreendendo lá. Empreendi sendo o melhor *office boy*. Ganhava as maiores caixinhas do pessoal do escritório, incluindo meus patrões. Quando surgiu oportunidade dentro da empresa, me promoveram e me deram a chance de ser comissionado. E eu continuei fazendo o meu melhor, atraindo prosperidade para mim e para quem estava ao meu redor. Ficávamos todos felizes e um pouco mais ricos a cada dia.

Você pode repetir vitórias

Ao testar as lições que compartilho neste livro, você vai experimentar a mesma satisfação que sinto em relação à minha trajetória pessoal e profissional, à família e a tudo mais que eu construí em meio século.

Melhor do que ter oportunidades é criá-las. Não fique esperando uma situação ideal, crie várias situações ideais. Achar que somente no futuro vai fazer e acontecer é perda de tempo. Busque um pouquinho mais ainda hoje e também amanhã.

E procure passar essa mesma energia aos seus funcionários. Eu chego de manhã na empresa espalhando cumprimentos de "bom dia". Quando o cara responde, é com prazer de estar lá. Não trabalho por necessidade faz muitos anos. Estimulo-os a colocar paixão em cada tarefa e, por consequência, nosso resultado coletivo é melhor. Experimente.

Agora, se durante um momento difícil seu resultado cai, lembre-se de que já ganhou uma vez. E quem ganhou uma vez é capaz de repetir a vitória. Não tem segredo. É só voltar à referência da bicicleta. A vida inteira vai conseguir pedalar depois de ter feito isso pela primeira vez. Monte e siga em frente, desde que tenha aprendido de verdade, sem rodinhas, sem trapacear.

Não se apavore, pois se apavorar só apressa o processo de queda. Você vai ganhar de novo, licitamente. Na hora que tiver novo insucesso lá na frente, será um perto de um monte de decisões vitoriosas. E cada problema ficará cada vez menor, pendendo a sua balança do sucesso para o lado vitorioso.

Se eu passei a acreditar nos meus objetivos e a conquistar tanto, você também pode. Antigamente poucos dominavam muita gente, porque esses dominados ainda não haviam descoberto sua grande capacidade. O rei tem o mesmo cérebro que o plebeu, lembre-se disso.

Você precisa, antes de tudo, se amar

A propósito, para ir de plebeu a rei, cuide das conquistas materiais, mas cuide-se também. Só assim vai manter o equilíbrio e a paixão pelo trabalho, pelas pessoas e pela sua vida. Um dos melhores presentes que você pode dar a si mesmo é estar bem.

O negócio é um espelho do dono, que precisa cuidar-se melhor para refletir sucesso. Estando bem, consegue cuidar de mais alguém, e ambos cuidam cada vez melhor da empresa.

Você é apaixonado pelo seu filho? Então, nem que seja só por ele, cuide-se nos aspectos físico, emocional e mental. Ele está contando com você. Isso inclui adotar atitudes no dia a dia como dormir o sono dos justos e, principalmente, evitar cigarro e álcool. Está cientificamente provado que esses vícios vão matá-lo antes da hora. Por que fazer isso consigo mesmo e com seu filho?

Eu faço o máximo para garantir o bem-estar da minha família. E nunca quis ver meus filhos fumando, bebendo. Não posso controlar a vontade deles, mas posso sugerir que me copiem no que já deu resultado.

Com os colaboradores da JR Diesel é a mesma coisa. São meus seguidores. Eu sou um líder. Quem vai ser empreendedor precisa ter responsabilidade. Todo mundo segue um líder, que tem a obrigação de dar o exemplo. Seu objetivo é sair do lugar comum? Ser alguém? Então conquiste não só com *blá-blá-blá*, e sim com atitudes positivas. Você será seguido. Todo mundo admira quem subiu um degrau a mais.

As pessoas à sua volta estão o tempo todo olhando e decidindo se o condenam ou copiam. Você não pode perder a chance de ter seguidores. Quando começa a fazer sucesso e fortuna... aí é que vai ser avaliado, porque passou a ser referência. Cara, quanta gente você pode ajudar. Sugiro ser o melhor exemplo!

Eu sou tão apaixonado por mim que me recuso a me destruir antes da hora. Vim para cumprir da melhor forma um tempo que a natureza me deu, não pretendo antecipar a minha passagem pela Terra. E o cigarro e a bebida são duas escolhas que roubam preciosos momentos de vida.

Assim como também não dou a ninguém poder para me incomodar. Não fico "magoadinho" nem "coitadinho". Isso me faria mal, e eu me protejo muito. Assumo a responsabilidade do meu destino.

Ficar irritado com o vizinho, o trânsito e o garçom impaciente? Eu, não. O que o outro faz é do outro, não é meu. Ter uma reação explosiva, irritada, faria meu corpo produzir substâncias tóxicas, atrapalharia meu sono, desviaria meu foco do que interessa.

Se um motoqueiro estraga meu retrovisor, prefiro pensar que está lutando para conseguir o dinheiro dele. Não vou arranjar confusão por tão pouco. Certa vez, um desses profissionais parou no farol e bateu no meu retrovisor. Ele ficou esperando que eu brigasse, assim que baixasse o vidro. No entanto, eu o surpreendi:

— Bom dia.

— Bom dia, doutor. — Ele respondeu, desconfiado.

— Oba, ganhei até um título de doutor. — Disse, sorrindo.

— Foi mal... — Já em tom de desculpas.

— Não tem nada, não. É só um retrovisor.

— Sério? — Perguntou, mais animado.

— Sério!

Ele partiu com a moto devagarzinho, ainda me olhando, e falou:

— Doutor, que o senhor tenha um bom dia e que Deus o abençoe.

Aquele "Que Deus o abençoe" pagou meia dúzia de retrovisores. O que eu ia fazer? Descer, me expor e correr o risco de sermos atropelados por um terceiro. Não sofro por nada que o dinheiro possa comprar. Agindo assim, cuido de mim 24 horas por dia. Recomendo.

Cuidar de si mesmo, amar-se é o mínimo que você pode fazer para mudar ou melhorar de vida. Precisa sentir-se bem para começar a ver tudo ao redor como eu vejo: otimamente bem! Sempre! Todos os dias!

Nós sempre somos capazes

Não era para eu estar vivo. Vim a este mundo em novembro de 1958, depois de um parto complicado. Meu pai chegou a ouvir do médico que teria de escolher entre salvar minha mãe ou eu, e disse:

— Que aconteça o melhor!

Que bom que ele não fez uma escolha. O médico conseguiu salvar os dois. Grande doutor Geraldo, a origem do meu nome. Que sorte a minha!

Talvez por causa disso minha "moleira" tenha demorado mais que a de outros bebês para fechar. Essa abertura (na verdade, dupla) no osso do crânio facilita a passagem do bebê no parto normal, permite o crescimento adequado do cérebro e costuma fechar até os 2 anos. Comigo, isso aconteceu lá pelos 7 anos.

No espelho, eu via minha moleira pulsar. Graças a esse "probleminha", meus sete irmãos me protegiam, me tratavam como um eterno bebê. Não podiam me bater nem encostar que eu já chorava. Eu era o menorzinho, manhoso; todo mundo tinha de cuidar do caçula. Fui crescendo, e eles continuaram fazendo as coisas para mim. O tempo passou, fiz 56 anos em 2014, e eles ainda agiam como se minha moleira estivesse aberta. Não me deixavam fazer nada.

Se eu ia trocar um pneu, me diziam:

— Deixe isso que eu vou fazer. Você é muito mole.

Quando minha esposa começou a me namorar, para ficar perto de mim, começou a se aproximar das minhas irmãs. Logo percebeu que elas me poupavam como a um bebê. Para agradar as futuras cunhadas, Marlene passou a me tratar da mesma forma. É assim até hoje. Ela quer assumir o volante, então fala:

— Você é muito mole. Eu dirijo.

Eu gosto dessa atenção, é carinho demais dessa minha família! No entanto, a verdade é que, mesmo com fama de ser mole por causa da minha moleira, eu fui do lixo ao luxo, como se diz. Então, se sua moleira fechou antes que a minha, por que não vai ser ainda mais rápido?

Brincadeiras à parte, ninguém faz nada sozinho e todo mundo precisa de todo mundo. Eu não sou diferente. Também preciso das pessoas e procuro beneficiá-las, pois estarei, ao mesmo tempo, fazendo por mim. Baseado nisso, vou tocando o coração delas e sua esperança de quererem sempre mais um pouquinho.

Esse é o plano. Mais um pouquinho para pôr no banco e mandar para a Suíça? Não! Mais um pouquinho para melhorar a vida de quem está no entorno e, por consequência, melhorar a minha. Mais um pouquinho para sermos mais felizes agora.

Capítulo 12

O sucesso está
ao seu alcance

A maior alegria que eu tive na vida, em matéria de conquistas materiais, foi quando consegui comprar um Fusca ano 1972. Aquilo, para mim, era o *must*. Quando entrei no meu apartamento na Cohab, então, enchi os olhos d'água de emoção. Sentava no chão, acarinhava o piso de cimento queimado e repetia a mim mesmo "essa casa é minha". Não importava ter muitos anos de prestações para pagar.

Como eu sempre digo, aquilo se chamava sonho realizado. E como é gratificante realizar sonhos! O seu, o da família, o daqueles que colaboraram com as suas conquistas... A minha empresa nasceu e prosperou com essa filosofia de ser boa para mim e para mais alguém. E ela não para de crescer.

Na medida em que ganho mais um pouquinho, consigo promover mais sucesso ao meu redor. E isso me dá muita alegria. E, com essa alegria, ganho mais um pouquinho. E não estou falando só de dinheiro, mentalizo que a energia divina me traga um pouquinho mais de saúde amanhã cedo.

Depois de amanhã está muito longe. Eu vivo e sou feliz aqui e agora. Pretendo amanhã chegar cedo à empresa, disposto, animado, saudável e ganhar 1 dólar a mais. Todos nós podemos; mas só vai conseguir quem acreditar e em seguida ter a atitude de ir buscar.

Aposentar? Só se o tempo acabar

Não dá para esperar, porque a natureza lhe dá um tempo. Para aproveitá-lo bem, você precisa estar gostando do que faz. Eu não só gosto, como sinto paixão. E não é do que eu faço vendendo peças automotivas. É do que eu faço de útil e benéfico para mim e para mais alguém. Quando eu não puder alcançar mais isso é porque o tempo acabou, é porque morri. Enquanto eu respirar, quero continuar elevando essa meta de vida.

Empreender é ajudar alguém, começando por você mesmo. Se gosta tanto do que faz — e ainda percebe que consegue fazer o bem a mais alguém e ser um exemplo positivo a familiares e sucessores —, isso vai fortalecer seu interior, sua base. Então, a última coisa que quero é que me tirem essa liberdade de construir algo de bom.

E atenção: todos ganhamos um presente, chamado longevidade. Nossa tendência é de vivermos mais que nossos pais. E como o meu se foi com 106 anos, tenho pelo menos mais cinco décadas pela frente. Que sorte a minha!

Busque, antes de tudo, ser feliz

Para todo o seu esforço valer a pena, você precisa se sentir feliz. O sucesso material ajuda a dar manutenção nisso, porque ser feliz significa, também, contribuir para melhorar a vida dos outros. E é natural que precise de recurso material para não ser privado de algumas coisas que completam sua felicidade.

Assim, busque sucesso material, mas, em primeiro lugar, busque ser feliz. Mesmo porque não precisa esperar ficar rico para sentir esse estado de espírito.

Eu já sou completamente feliz com o que tenho, não precisaria de mais dólares para dar equilíbrio à minha vida. Contudo, à medida que eles vêm para a minha empresa, consigo contratar, promover, treinar, comissionar, premiar, promover a realização dos tais sonhos. Isso faz com que meus colaboradores tenham chances de progredir comigo. E, assim, vou multiplicando o dinheiro como meio de multiplicar felicidade.

Felicidade é uma das poucas coisas que podem ser acessadas por todos. Você pode começar a sentir hoje sorrindo e agradecendo por sentir-se vivo e ativo. Se está com saúde e consegue trabalhar já tem razão para ser feliz. Se seus parentes também estão saudáveis e produtivos, você

O CATADOR DE SONHOS

é feliz em dobro. Acho até que, por eu ser alegre e agradecido por tudo, sempre recebi do universo mais saúde ainda.

Alegria é um ponto-chave do meu sucesso. Uma luz que levo comigo. Sorrio até a quem ainda não conheço. Pessoas que sorriem não envelhecem, se relacionam melhor, não guardam rancor e mais dificilmente possuem inimigos nos negócios e na vida pessoal.

Por isso, digo a você que nada nem ninguém deve tirar sua alegria de viver. Até os fracassos que talvez tenha tido podem virar alavancas para seu sucesso hoje. Para que você quer sofrer? Se não estiver feliz agora, não sofra. Tome uma atitude, apaixone-se por si mesmo e pelo que já considera, na sua mente, como seu. Porque será!

E trabalhe muito. Trabalhar é vida, é energia, é saúde, o caminho eficaz de realizar seu sonho de um futuro melhor. Doe-se, envolva-se, saiba delegar também, que o negócio acaba se transformando no amor da sua vida.

Sonhe alto e ouse fracassar, só não pare de acreditar

Depois de quebrar seis vezes nos negócios, uma de minhas grandes decisões foi a de resgatar quem eu sou. E quem eu sou? Um cara que busca ser feliz, vendendo pipoca ou peças de caminhões top de linha, e se alimenta de paixão. Eu era muito feliz quando não tinha o conforto de hoje. E continuo assim até aqui.

Minha felicidade também está na arte de negociar, no prazer de servir e de convencer o outro de que ele se deu bem — e, em decorrência disso, pagou alguma coisa. Para alguns, isso é trabalho, para mim é lazer. Porque me dá uma satisfação que não tem preço. É apaixonante. Não consigo me imaginar sem isso.

Mais do que empreendedor, sou uma pessoa que encara a vida de um jeito tão simples, que não tem explicação. Não complico e agradeço por tudo.

Aqueles que já cruzaram meu caminho, quando se lembram de mim, sabem que só penso positivo, só consigo enxergar o lado bom da vida e acredito que sempre dá para melhorar um pouquinho. E é este o legado que quero deixar a você, leitor: de como é simples ser feliz. É fácil demais. Agradeça.

No fundo, o seu sucesso é principalmente resultado disto: de se sentir feliz com o que tem e com o que se tornou a partir das oportunidades que a vida lhe deu − e que você aproveitou, é claro. Conte com a minha energia, o meu sorriso, o meu incentivo para ser mais feliz, pois o que me inspirou a escrever minha história e compartilhar o que a vida me ensinou foi a crença de que, assim como eu, você também pode ser muito feliz, você pode ir muito além do que espera para a vida e para o seu negócio. Conte comigo. E conte, principalmente, com VOCÊ! Todos nós merecemos! Todos nós podemos!

Este livro foi impresso pela Gráfica Bartira em
papel pólen bold 70g/m² em março de 2025.